T0293998

El pescador de esponjas

A mis padres, Inés y Ángel

Editorial Bambú es un sello
de Editorial Casals, SA

© 2015, Susana Fernández Gabaldón,
por el texto
© 2015, Editorial Casals, SA
Casp, 79 – 08013 Barcelona
Tel.: 902 107 007
editorialbambu.com
bambulector.com

Ilustración de la cubierta: Riky Blanco
Diseño de la colección: Miquel Puig

Primera edición: abril de 2015
ISBN: 978-84-8343-391-1
Depósito legal: B-10770-2015
Printed in Spain
Impreso en Anzos, SL
Fuenlabrada (Madrid)

El pescador de esponjas

Susana Fernández

bam
bú
EDITORIAL

Mucho antes de que Agamenón gobernase en Micenas, antes también de que Paris raptase a Elena, y Troya fuese el objetivo militar de cuantiosas tribus dispersas por el Peloponeso y la Arcadia... Antes de todo eso, incluso, el sueño de los palacios minoicos gobernaba la vida de los mares y... también la mía.

Hoy, mi mirada envejecida está marcada por la tragedia, y mis ojos secos y sedientos no alcanzan a ver más que los recuerdos, pues ciego estoy desde que la vejez señorea mi vida.

Pero os digo que los años no arrancarán de mi memoria lo sucedido, y, cuando atraviese el río Aqueronte para acudir a la eterna morada de Hades, seguiré recordando aún a mi amada isla, hoy tan lejana: Tera.

Sobre las playas atenienses del puerto del Pireo, Héctor, un anciano que decía proceder de la isla de Tera, pasaba muchas horas mirando al mar, hacia el sur. Allí dibujaba espirales en la arena blanca, leía los caprichosos rizos de la espuma y la disposición de las conchas y caracolas arrastradas por las olas, aunque nadie entendiera el significado de todo ello ni tampoco esas palabras que repetía tan a menudo.

Nadie sabe a ciencia cierta qué edad tenía; solo que era el más anciano de entre los ancianos conocidos; que estos aún no habían nacido cuando él era ya viejo. Decían que se enfrentó a un dios y que por ello su existencia se prolongaba desde hacía una eternidad. Pero... ¡quién sabe en realidad qué había de cierto o de inventado!

Este es el extraño y fascinante relato que contaban de él.

1
Un largo verano

Desde los altos riscos cercanos al puerto de la ciudad de Akrotiri, Héctor inspeccionaba con minuciosidad el fondo del mar. Buscaba más esponjas que las diez que ya había capturado. Sabía que, en aquel punto de la costa, el agua siempre estaba limpia, y, en una soleada mañana de verano como la de aquel día, no hacía falta hacer un gran esfuerzo para ver numerosos bancos de peces plateados jugueteando entre las rocas y las extensas praderas clarea-das de algas que cubrían el fondo marino hasta confundir-se con la masa de agua en la lejanía.

Héctor adoraba el mar y todo lo que en él habitaba o flotaba. Le apasionaba de tal manera que muchas veces llegó a preguntarse cómo era posible que no le hubieran crecido aletas de tanto bucear, y todos los días se inspec-cionaba el cuerpo en busca de alguna señal característica, un picor extraño que anunciase el crecimiento de alguna diminuta escama.

9

Se consideraba un muchacho afortunado por no haberse encontrado aún con ninguna terrible sirena alada, posada sobre los riscos más agrestes de la isla, que le llamara con su voz seductora cuando nadaba cerca de ellos. Muchos marineros decían haberlas visto en alguna ocasión; por las calles del puerto había escuchado escalofriantes narraciones sobre ellas y sus irresistibles cantos de muerte.

Eran relatos que procedían de pescadores y comerciantes teranos, pero, sobre todo, de aquellos marineros extranjeros que frecuentaban la isla contando historias increíbles acaecidas a lo largo de sus travesías por mar.

Y no solo en Tera, también se murmuraba lo mismo en Amnisos. Y si hasta el mismísimo puerto cretense habían llegado rumores muy parecidos e incluso coincidentes –según le había oído contar a su padre, harto como estaba de frecuentarlo–, razón de más para tomárselo en serio. También los marineros de los puertos cretenses de Zacros, Stomión y Pirgos decían haberlas visto y oído cantar en las islas de Íos, Milos e incluso en el pequeño islote de Safora. Aunque lo cierto es que contaban historias tan fantásticas que a veces resultaba difícil saber cuándo hablaban en serio y cuándo fanfarroneaban delante de sus amigos por el simple placer de exagerar.

La piel tostada de Héctor, dorada por el sol y el salitre del mar, le daba un aspecto saludable. Sus ojos verdes se aclaraban aún más sobre su rostro recortado por una melena negra y ondulada que le caía sobre los hombros desnudos hasta la cintura.

Sin pensárselo dos veces, Héctor se zambulló en el agua y descendió de golpe buceando un buen trecho. Rebuscó entre los recovecos y las concavidades marinas hasta encontrar un pequeño banco de esponjas gordas. Recogió unas cuantas, las echó en su bolsa de algodón trenzado y emergió de nuevo arrastrando tras él una larga y desorganizada cadena de burbujas.

–¡Oh! ¡Por estas me darán un par de gansos bien gordos! ¡Vaya que sí! –exclamó satisfecho.

Fue entonces cuando, desde su posición visual a ras de mar, creyó ver una imagen en la lejanía. Aguzó la vista y entonces reconoció sin dificultad la llegada de una nave grande con una vela rectangular blanca provista con sus dos vergas. Aquello lo puso más contento aún si cabía.

–¡Padre, padre! –gritó agitando los brazos bien en alto, esperando inútilmente ser visto. «Tengo que llegar al puerto antes que él», se dijo ilusionado, y nadó a grandes brazadas hasta alcanzar los gelatinosos riscos cubiertos de algas ya cercanos a la playa.

La verdad es que no esperaba que su padre estuviera de vuelta tan pronto. Hacía dos semanas que había partido rumbo a la isla de Creta con ánimo de intercambiar mercancías, y, siempre que anclaba en sus puertos, tardaba mucho más en regresar.

Corrió por el sendero que discurría paralelo a los acantilados, y no se detuvo hasta llegar a los muelles de Akrotiri. Por el camino iba haciendo señas al navío, viendo cómo este ya había puesto rumbo al puerto y se aprestaba a arriar el velamen. El sol apretaba aquella mañana de verano, y, sobre la piel de Héctor, el salitre seco había dibujado numerosos hilillos blanquecinos semejantes a los que deja la baba reseca de un caracol.

Cuando llegó al puerto, vio a *El Eltynia* realizar su última virada para aproximarse ya remando a uno de los muelles más cercanos. Un par de tripulantes arrojaron el ancla por la borda –una enorme piedra agujereada que llevaba grabada una golondrina, símbolo de la isla de Tera–, mientras otro echaba amarras.

–¡Padre! –exclamó contento, haciéndose paso entre la muchedumbre que se agolpaba ya delante de la pasarela.

–¡Héctor, hijo! ¡Me alegro de que estés aquí! Anda, date prisa. Sube y ayúdanos a descargar.

El Eltynia, un ancho gaulos mercante algo más grande que una galera de mediano tonelaje, alcanzaba los cuarenta codos de largo y contaba ni más ni menos que con una treintena de remeros. ¡Era un navío formidable como pocos! Su recia quilla surgía de la popa y se prolongaba hasta alcanzar una elevada proa que remataba en una esbelta cabeza de golondrina.

Junto al gaulos de Axos, otras embarcaciones más pequeñas y de menor capacidad de transporte llevaban días ancladas en el puerto esperando a *El Eltynia,* que debía traer abundantes mercancías para aprovisionar a Akrotiri y también otros pequeños pueblos cercanos.

–¡Padre! ¿Cómo ha ido todo? ¿Vendiste mis esponjas? –preguntó Héctor con ansiedad.

Axos apartó con su brazo al muchacho y le rogó que no lo entretuviese. Numerosos comerciantes se habían congregado en torno al gaulos y curioseaban ya entre las nuevas mercancías recién llegadas.

–¡Axos! El vino es mío, ¿lo recuerdas? Quedamos en que los higos y las aceitunas que traje de Milos serían para ti a cambio de las tinajas de vino –le recordó Creón, el rico mercader originario de la isla de Naxos.

–No lo he olvidado. Sabes que, cuando doy mi palabra, siempre la cumplo.

–Pero, padre, ¿y mis esponjas? –le interrumpió Héctor de nuevo.

–¿Tus esponjas? ¿Qué esponjas?

Héctor le echó una mirada entre desaprobadora y apenada.

–Te llevaste una red llena de las mejores que había pescado. ¿Es que ya no te acuerdas? Fui yo mismo quien las colocó entre dos tinajas de aceite, aquellas que trajiste de Rodas para Jasea, el de la posada de Amnisos.

–¡Oh! Sí..., hijo, bueno... Hablaremos de ello más tarde. No sigas atosigándome con más preguntas –le pidió sin ofrecer más explicaciones–. Ahora tengo demasiado trabajo.

Héctor se quedó mirándolo con gesto interrogativo. ¿Cómo era posible que su padre no se acordara de sus esponjas, y sobre todo de las mejores, no de unas vulgares como las que se veían en los mercados de Malia, Zacro o Matala! «¡Qué decepción!», pensó mientras resoplaba desilusionado, desinflándose como vela que se arría a falta de viento. Y puesto que de nada le sirvió insistir, juzgó más útil ayudar a descargar las mercancías recién llegadas.

Aquella mañana, el puerto estaba abarrotado de naves. Sobre las playas de Akrotiri había muchas galeras desconocidas y gente nueva. Axos se sentía plenamente satisfecho, pues había conseguido hacer magníficos negocios en Creta, y el hecho de haber encontrado el puerto terano lleno de comerciantes no podía ser mejor botón de cierre de vuelta a casa.

«¡Tres medidas de higos por cuatro de peras!», gritaba al pie de *El Eltynia* un hombre bajito y rechoncho ataviado con una túnica corta de vivos colores. «¡Dos jarras de aceite por cuatro gansos, y cinco tarros de miel de tomillo de las colinas del monte Ida!», vociferaba otro mercader. «¡Yo, yo los quiero!», asentía un comprador entre la muchedumbre. Y mientras Axos dirigía parte de la venta, Héctor ya se encontraba en el interior de los almacenes y ayudaba al escriba a llevar las cuentas. Este iba anotando, mediante rápidos dibujos y trazados esquemáticos sobre las tablillas de arcilla húmeda, las transacciones y operaciones efectuadas.

El muchacho trabajaba con aire serio y circunspecto, y es que aún seguía contrariado por no saber qué había sido de sus preciadas esponjas.

–Dime, ¿tú viste a mi padre vendiendo mis esponjas? –preguntó a Dintros nada más verlo entrar en el almacén, portando unas enormes redes cargadas de caracoles marinos.

–No, Héctor –contestó al tiempo que dejaba caer las redes delante de él y del escriba. Dintros, hombre alto y fuerte, era uno de los mercaderes que formaban parte de la tripulación del *El Eltynia* desde hacía muchos años–. Llegamos a Amnisos al anochecer del segundo día, y tu padre estuvo charlando durante muchas horas con Jasea; sabes bien que les une una gran amistad. Al día siguiente, recorrió el barrio de los herreros y caldereros, pero se adentró solo. Yo no vi que intercambiase tus esponjas en el puerto. ¡No sabría decirte!

–Ya... –El muchacho, cabizbajo, se apoyó con desgana sobre una gran jarra de aceitunas.

–¡Héctor! ¡Basta de charla! –le reprendió Axos entrando en el almacén justo en ese momento–. Si distraes al escriba, se equivocará en la anotación de las cuentas por culpa tuya y tú te quedarás sin ir a la Fiesta de las Máscaras. ¿Me has entendido?

–Sí, padre. Te ruego que me perdones.

Héctor reaccionó de inmediato ante el posible castigo. ¡Deseaba más que ninguna otra cosa en este mundo acudir a la gran fiesta! Hacer peligrar su viaje a Creta era, sin duda, un riesgo que no pretendía correr bajo ningún concepto. Hasta ahora, su padre siempre le había comentado los espléndidos negocios que conseguía hacer con el intercambio de sus esponjas, pero, por lo esquivo de sus respuestas, temió por un fin muy diferente del acostumbrado.

¿Quién sabe? Tal vez una ola las arrojó al mar durante la travesía y le diera apuro confesar que se las había devuelto al océano. Pero, si eso fuera lo que ocurrió, no habría por qué preocuparse. El dios de las aguas, antes o después, las acercaría de nuevo hasta las costas agrestes de la isla terana.

–¡Así sea! –se dijo convencido–. Mañana las pescaré otra vez.

Axos se disponía a cerrar la pesada puerta del almacén portuario, dando así por finalizada la intensa jornada de trabajo.

Mientras deslizaba un travesaño de madera entre dos cierres, sus hombres le manifestaron la intención de acudir al almacén de Atimos, situado algunas calles más arriba. Deseaban probar el nuevo vino y el agua de cebada que su propietario tenía ya preparados para ser catados por los mercaderes locales y extranjeros de paso por la ciudad y el puerto.

Héctor quiso acompañarlos, pero su padre reprobó de inmediato la idea.

–¡De eso ni hablar! –protestó Axos delante de sus hombres con un gesto contundente.

–¡Vamos, Axos! ¡Deja que el muchacho nos acompañe! –le animó Dintros a acceder–. Ha trabajado mucho, y el local de Atimos estará lleno de comerciantes. Tu hijo tiene ya catorce años. Debería empezar a conocer gente con la que más tarde o más temprano tendrá que tratar. ¡No va a pasarse la vida pescando esponjas en los acantilados de la isla! ¿Por qué no vienes tú también?

Axos vaciló unos instantes.

–¡Vamos, padre! ¡Solo por esta vez! Iremos todos juntos... Pocas veces hay tantos mercaderes en Akrotiri...

Axos no pudo seguir negándose. Tal vez la idea no era del todo mala, y, además, él también estaba cansado después del viaje y el duro día transcurrido. Un poco de distracción le sentaría bien y le ayudaría a relajarse. Finalmente, accedió y se unió a sus hombres. Cruzaron la enlosada hasta llegar al almacén del comerciante terano.

Héctor se sentía todo un hombre acompañando a su padre como un mercader más. Caminaba memorizando cada galera que veía en el puerto mientras subían, cada carguero, el color de sus velas, sus bellos y afilados mascarones de proa. Reconocía algunas naves, las teranas de toldos planos que cubrían gran parte del puente, con sus cascos pintados de azul y blanco. Pero otras muchas le eran desconocidas, sobre todo las chipriotas y rodias, que no solían frecuentar tan a menudo la isla.

Cuando llegaron al almacén de Atimos, la luz del suave atardecer se filtraba por un gran lucernario abierto en el centro de un patio; iluminaba así la estancia de forma natural. Atimos se encontraba muy atareado con tantos mercaderes allí presentes que habían llegado para probar sus productos antes de decidirse a comprarlos. Estaba seguro de la calidad de sus vinos y del agua de cebada que producía; sabía que sería fácil encontrar compradores entre los recién llegados, también para su aceite, de aroma perfumado y un sabor inconfundible.

En una esquina del almacén, varios mercaderes chipriotas parecían estar cerrando algunos tratos comerciales de un modo un tanto peculiar: golpeando con los puños bien prietos en señal de acuerdo sobre una gran ánfora de vino apilada al lado de otras muchas.

–¿No tendrás un hueco donde podamos catar esa maravilla de vino de la que muchos hablan? –saludó Axos de este modo nada más toparse de bruces con Atimos, que estaba comentando a otros comerciantes las excelencias de sus cosechas.

–¡Oh, bienvenido, mi buen amigo Axos! –exclamó Atimos, dándole un buen apretón de manos–. ¡Qué alegría me da veros de nuevo en casa! Sé que habéis llegado al puerto esta misma mañana –dijo–; he visto vuestro gaulos anclado en el muelle... ¡Acomodaos vosotros mismos! Puedo daros a probar mi nuevo vino y también el agua de cebada; supongo que al joven Héctor le estará permitido beberla... aunque con ello nos adelantemos unos días a la Fiesta de las Máscaras. Si lo deseáis, os reservo ya mismo algunas ánforas.

–¡Estupendo, Atimos! –aceptó Axos a la vez que a Héctor se le iluminaba la mirada solo de pensar en la fiesta, cada vez más cercana.

Tomaron asiento en un banco corrido cercano a la puerta de entrada del local, abandonado instantes antes por un par de mercaderes que acababan de dar el visto bueno al aceite de Atimos. A su lado había un pequeño grupo de extranjeros. Su conversación era apagada y misteriosa. No cruzaban muchas palabras entre ellos y se limitaban más bien a observar a los demás en silencio.

Su extraña actitud llamó enseguida la atención de Héctor, como gran observador que era. Memorizó sus rostros y afinó el oído tratando de sonsacar su origen por el acento de sus palabras, si bien apenas pudo captar algunos vocablos perdidos que no consiguieron saciar su curiosidad.

Uno de ellos tenía tantas arrugas en la frente y las mejillas que hacían de su rostro un campo de grano recién arado. De brazos corpulentos y grandes cicatrices –una de ellas en el pómulo izquierdo de la cara–, mostraba el torso cubierto por un vello oscuro y tupido, al igual que la barba. Sus ojos negros se ensombrecían aún más bajo unas cejas bien pobladas que le cruzaban la frente de sien a sien. Era calvo en la parte superior del cráneo, sin embargo, una larga melena, que le crecía desde las sienes hacia la nuca, le caía por la espalda recogida en una trenza.

–Aquí os dejo estas orzas de vino y de agua de cebada. –Llegó Atimos de pronto, depositando en manos de Axos y Dintros el preciado don producido en las colinas de la isla terana.– ¡Probadlos y dadme vuestra opinión! Seguro que apreciaréis un tono afrutado más intenso que el del vino que catasteis la última vez. El sol ha sabido endulzarlo en su punto exacto. Por cierto, ¿es verdad que habéis hecho un excelente negocio en Creta?

–Rápido corren las noticias –respondió Axos sorprendido–, aunque es verdad que hoy no es precisamente uno de esos días como para guardar secretos.

–¡Guardar secretos! –rio el hombre al son de su voluminosa barriga–. Al viejo Atimos no se le puede ocultar nada.

Entre risas y conversaciones, la tripulación comenzó a relajarse. Sin embargo, aquellos cuatro hombres, sentados al otro lado del almacén no parecían doblegarse al ambiente animado que reinaba en el lugar. Héctor preguntó a su padre si los conocía, y luego al resto de los hombres de *El Eltynia*, pero ninguno pudo ofrecerle la más mínima información al respecto. No parecían más que otros mercaderes extranjeros de paso, a la espera de la Fiesta de las Máscaras.

Los cuatro extranjeros permanecieron en el almacén de Atimos hasta que la luna asomó por encima de los mástiles de las naves más corpulentas ancladas en el puerto. Luego compraron al propietario varias ánforas de vino, y, más tarde, se despidieron.

Héctor pudo escuchar, entonces, las únicas palabras que entendió con claridad: «¡Que los augurios te sean propicios, amigo!», eso sí, con un marcado acento fenicio que reconoció sin dificultad.

El resto de los extranjeros gesticuló la despedida sin decir palabra, como si no deseasen delatar su origen, o tal vez no dijeron nada porque no hablaban ni una palabra de minoico, aunque esa segunda posibilidad, en un mercader extranjero navegando por aquellas islas cretenses, resultaba bastante infrecuente.

Héctor los vio alejarse callejón arriba hasta perderse en la oscuridad del barrio.

–Era fenicio, padre –concluyó Héctor satisfecho.

–¿Quién era fenicio?

–El mercader de antes... El extranjero de las cicatrices y las arrugas de la cara...

–Yo también lo creo –apuntó Dintros, a quien tampoco le había pasado desapercibida la extraña y reservada actitud del hombre.

–¿De verdad? ¿Te fijaste entonces en él? ¡Desde luego su aspecto daba qué pensar! –exclamó Héctor sin poder ocultar un cierto entusiasmo por ello–. Y dime, Dintros, ¿adónde crees que podrían dirigirse subiendo el barrio de los pescadores con dos ánforas repletas de vino y siendo, como son, extranjeros?

–Pues, pues... no sé. ¡Qué más da! ¿A qué viene tanto interés por esos hombres?

–¡Basta ya, Héctor! –le reprendió su padre–. Empezarás a resultar molesto si sigues haciendo más preguntas. Sabes de sobra que está muy mal visto indagar de esa forma.

Al fin y al cabo, esos hombres no han hecho negocios con nosotros y no nos deben ni les debemos nada.

–Lo siento, padre. No pretendía ofender a nadie... Fue solo que... de pronto me asaltó la curiosidad.

Héctor tuvo que cesar de golpe sus pesquisas y no volvió a mencionar a los extranjeros durante el tiempo que permanecieron en el almacén. Estaba claro que aquel día no era el idóneo para saber de nada ni de nadie, ya se tratase de esponjas o de fenicios.

Poco después, Axos apuraba los últimos sorbos mientras acordaba con el comerciante la compra de cuatro ánforas de vino y otras dos de aceite, dando así por concluido un día cargado de trabajo.

Los comentarios desenfadados de los que charlaban fuera del local delante de la amplia plazoleta a la que se abría el almacén, se prolongaron por la ancha calle del puerto hasta bien entrada la noche. Muchos marineros roncaban profundamente a cielo abierto en la cubierta de las naves, especialmente las tripulaciones de remeros esclavos, mientras el resto del puerto permanecía en silencio y sus calles a oscuras, alumbradas a la luz de una luna creciente.

Aún no había amanecido cuando Héctor y su padre salían de casa abriendo el grueso portón de madera. La brisa fresca y húmeda se revolvía entre las largas melenas rizadas de Héctor, quien, aún medio dormido, se encaminaba hacia los almacenes del puerto.

Su padre estaba en pie desde una hora antes de que él se despertara, y, por lo tanto, bien despejado, como aquella mañana de cielo despejado que presagiaba una buena travesía. El viento era favorable, y sobre el horizonte despuntaba una pincelada de claridad, decolorando el tinte azulado de la noche.

Héctor apenas articuló algunas palabras hasta pasado mucho tiempo. La emoción del viaje a Creta no lo había dejado dormir más que a ratos, y observaba con agobio a Dintros lleno de energía y dispuesto ya a levar anclas.

–¡Qué pasa, muchacho! ¿Es que no te alegras? –exclamó Dintros, propinándole una seca palmada en el hombro–. A mí, mi padre jamás me embarcó para asistir a la Fiesta de las Máscaras, ¡y anda que no me puse pesado! Sin duda, eres un chico muy afortunado.

Y, en efecto, Dintros estaba en lo cierto; de hecho, era la primera vez que Héctor viajaría hasta Amnisos para asistir a la gran fiesta. Sin embargo, lo que realmente consiguió espabilarlo de sopetón fue darse cuenta de un pequeño detalle que llamó con fuerza su atención: faltaban los cuatro gaulos que habían fondeado juntos al final de la bahía, aquellos que llevaban pintados tres penetrantes ojos en el mascarón de proa de sus cascos, cuando lo habitual era que fueran solo dos.

Con toda seguridad tuvieron que ser los primeros en abandonar el puerto de madrugada, y, desde luego, sus tripulaciones habrían conseguido descansar lo suficiente como para arriesgarse a zarpar de noche.

Enseguida Héctor comentó el hecho con los demás. Y, mientras pensaba en ello, no dejó de trabajar, yendo y volviendo del almacén a la nave y de esta al almacén. Llevó todos los cántaros de miel de su viejo amigo Lyktos, el pastor que vivía en la antigua gruta sagrada. Cargó con varias sacas de aceitunas, tanto las que venían de Paros como las que se producían al sur de Tera; y, por si fuera poco, transportó también cuatro fardos de pieles de oveja y cabra, así que, cuando quiso darse cuenta, su trabajo estaba terminado.

Axos se cuidó bien de repartir equitativamente el flete en el centro de la nave. Era vital para una buena travesía. De no ser así, *El Eltynia* podría zozobrar si las olas se encrespaban en alta mar y comenzaban a azotar su ancho casco, zarandeándolo como si se tratase de una simple cáscara de nuez.

Al cabo de dos horas, la nave estaba lista para partir. Dintros cerró el gran portón del almacén deslizando un grueso madero hasta hacerlo coincidir entre los dos travesaños, mientras el resto de los hombres preparaban los remos y verificaban los correajes de la carga. Axos también inspeccionó el cargamento por última vez, así como los víveres, el agua y los aparejos de recambio.

Héctor no podía creérselo aún. ¡Viajaría a Creta para asistir a la gran Fiesta de las Máscaras! Sus ojos brillaban de alegría, y preguntaba por todo lo que ya sabía y le habían explicado una y mil veces: el bullicioso puerto de Amnisos..., sus barrios de mercaderes..., sus casas..., sus palacios... Se acomodó al lado de su padre en el interior del castillete situado en la popa del barco y, desde allí, asistió a las órdenes que dio a la tripulación hasta abandonar el puerto.

Cuando *El Eltynia* se alejó de la costa y Tera quedó reducida a una mancha oscura sobre la superficie del océa-

23

no, sintió que no había una grandeza mayor que la de las aguas saladas y las olas espumosas. Entre la bruma del horizonte, deseó ardientemente ver aparecer al mismo dios Poseidón junto a un par de tritones arrastrando su carro, mientras golpeaban caracolas marinas y las hacían sonar roncamente.

2
La Fiesta de las Máscaras

*E*l *Eltynia* llegó a Amnisos cuando las sombras de los mástiles de las naves atracadas en el puerto caían sobre el agua, proyectando inmensas serpientes ondulantes sobre el fondo de la bahía.

El puerto estaba tan abarrotado de navíos que Axos no encontró sitio para adentrar el gaulos hasta la playa, así que dio orden de acercar el mercante hasta los muelles. Poco después, uno de los diques centrales crujía intensamente al apoyar sobre él los gruesos maderos de la pasarela del barco.

El griterío de los mercaderes sobre las calles del puerto llegaba sin esfuerzo hasta *El Eltynia*. Los comerciantes fenicios vociferaban el precio de los perfumes egipcios y mostraban bien en alto sus frascos de roca tallada o vidrio de intensos colores, que volvían locas a aquellas mujeres que podían permitírselos. Sin embargo, más rudo y vulgar resultaba el vocerío de los chipriotas, ya que no se caracterizaban precisamente por sus buenos modales. Pero todo se les perdonaba, ya que sus vinos y aceites eran buenos, de los mejores que se podían encontrar. Fenicios de Ugarit y Biblos, cidonios, dorios, pelasgos... Había gentes llegadas de lugares muy diversos y alejados.

En el mercado cercano a las playas del puerto se podía encontrar una variedad increíble de alimentos: garbanzos, habas gigantes, apio de un intenso aroma, ajos, calabazas, rábanos, hierbas aromáticas, granos de orégano y bulbos de jacinto de inmejorable calidad... Y también caracoles, cientos de caracoles que Axos compraba con destino a Tera, donde eran muy apreciados.

Los pescadores del puerto, y también aquellos procedentes de las aldeas vecinas, se acercaban hasta aquí para vender sus capturas y exponían sobre cestos de mimbre las lubinas, peces espada, besugos y pulpos.

Axos no tenía tiempo que perder. Había que aprovechar aquel enjambre de compradores hacinados en el puerto, y terminó llamando la atención de Héctor, quien aún no salía de su asombro entre tanta novedad, muchedumbre y bullicio reinante.

–¡Vamos, hijo! ¡No te quedes ahí pasmado! ¡Espabila! Acércate al almacén que encontrarás al fondo del puerto, aquel que tiene pintados un delfín y una gaviota en el portón. Pregunta por el encargado. Dile que te he enviado yo y que vaya haciendo sitio para nuestras cosas.

–¡Enseguida, padre!

Al pie del muelle ya se había congregado otro puñado de comerciantes, compradores y curiosos. Desde la cubierta de *El Eltynia*, Axos dirigía la maniobra de descarga y venta, ayudado por Dintros y cuatro de sus mejores hombres, mientras atendían las demandas efectuadas a viva voz desde el mismo muelle.

Al atardecer, cuando el sol desapareció engullido por el terso horizonte del mar, ya no quedaba ni una aceituna por vender. Poco después, el puerto languidecía, apagándose con la suave luz del crepúsculo.

Axos, Héctor y Dintros, cansados pero muy satisfechos por la intensa jornada, abandonaron la nave y se dirigieron a la posada del viejo Jasea, la misma que siempre frecuentaban cuando pernoctaban en Amnisos. El propietario ya les tenía reservados varios camastros junto a otros mercaderes también de paso.

Jasea hacía ya tiempo que estaba deseoso de conocer a Héctor, de modo que, cuando Axos le presentó al muchacho, un semblante de satisfacción se dibujó en el rostro del cretense.

–¡Jasea! Este es mi hijo, Héctor, del que tanto te he hablado –le dijo Axos muy orgulloso.

–¡El pescador de esponjas! –exclamó el hombre haciéndole un guiño de aprobación.

Jasea lo aproximó ante sí, retirando los largos mechones rizados hacia la espalda desnuda del muchacho.

–¡Vaya, vaya con el joven Héctor! ¡Si es todo un hombre hecho y derecho! La última vez que vi a tu padre, ya me comentó que lo acompañarías por primera vez a Amnisos para participar en la Fiesta de las Máscaras, de modo que sabía de tu llegada.

Luego, añadió:

–¿Sabes que tus esponjas son las más apreciadas de todo el puerto? ¡Siempre preguntan por las esponjas de *El Eltynia*!

–¿De verdad?

–¡Pues claro, muchacho! ¿Qué creías? ¡No se ven esponjas como las tuyas todos los días en los mercados de Amnisos! –respondió, complaciéndolo con una gran sonrisa–. ¿Puedo ofreceros algo de comer? Tengo pan recién hecho, salazones de pescado, agua de cebada y un buen cesto de albaricoques e higos bien maduros. A propósito –dijo entonces dirigiéndose a Héctor–: ya sabes que mañana empieza la fiesta. ¿Has pensado ya en tu disfraz?

–Pues tengo alguna idea... –titubeó el muchacho.

–Si no tienes pensado nada en concreto, mi hija podría ayudarte... ¡Incluso podrías acompañarla hasta la gruta del monte Ida! Todos los muchachos de tu edad saldrán mañana antes del mediodía para estar allí a la caída de la tarde. La ceremonia durará toda la noche. Si has venido solo, tal vez desees acompañar a Glamia.

Héctor vaciló. La verdad es que no se atrevió a rechazar la oferta por miedo a resultar descortés, aunque no supo si la idea era buena o mala. Pero poco tardó en cambiar de opinión cuando Jasea hizo salir a su hija del interior de la vivienda y situó a la muchacha frente a él.

Glamia era una joven de su misma edad, de ojos marrones, grandes y achispados, con el pelo largo, parte de él recogido en la nuca formando una gruesa caracola trenzada con cintas de colores. Un flequillo corto le cubría la parte alta de la frente, y algunos largos mechones le caían por las sienes hasta el pecho. Llevaba un traje azul, largo y abierto desde las rodillas hasta los tobillos. Estaba claro que ningún muchacho en su sano juicio hubiera rechazado una oferta semejante.

Así que, ¡dicho y hecho! Al día siguiente, Héctor y Glamia se citaron en el mismo almacén de la posada para unirse a la fiesta. Allí se disfrazaron según la costumbre: Glamia, de muchacho, y Héctor, de chica. Y luego, el toque final: dos máscaras pintadas, una para ella y otra para Héctor, que la madre de Glamia sacó de un arcón de madera casi sagrado, como quien saca una reliquia divina conservada para la ocasión de la festividad de su dios de año en año, aunque, a decir verdad, este era el caso.

A primera hora de la mañana, las callejuelas de Amnisos hervían ya de colores y alborozo. Docenas de jóvenes correteaban disfrazados, ocultando sus risas y carcajadas detrás de las máscaras de barro pintadas. Héctor y Glamia se unieron al gentío que recorría las calles del puerto y, poco después, desaparecieron entre el tumulto.

Una serpiente humana se dirigía ya rumbo al palacio de Cnosos por el ancho camino empedrado que conducía hasta él. Una vez allí, solo a los más mayores de entre los jóvenes les estaba reservado el privilegio de adentrarse en el palacio como portadores de ofrendas religiosas. De este modo, un numeroso grupo subió hasta la entrada principal, y allí los oficiales de guardia les dieron paso. Cruzaron los propileos de columnas rojas que bordeaban el palacio y se adentraron hasta el amplio Patio de los Festejos, en donde depositaron sus ofrendas a la diosa Madre sobre un altar coronado con cuatro dobles hachas de bronce. Una vez hecho esto, se alejaron caminando con reverencia y abandonaron el palacio para unirse de nuevo a la muchedumbre que los esperaba en el exterior. A continuación, prosiguieron el camino para adentrarse en la llanura hasta alcanzar los pies del monte Ida.

Al llegar, la muchedumbre se detuvo y se encendieron las primeras antorchas; la luz del atardecer era ya muy débil y apenas alumbraba la montaña. Entretanto, la sacerdotisa que oficiaba la ceremonia de las ofrendas a la diosa Madre continuaba animando a los asistentes a seguir depositando aquellas a la entrada de la gruta.

Llegado el momento, el griterío del tumulto cesó, y la sacerdotisa comenzó la ceremonia elevando los brazos al cielo en pleno crepúsculo.

–¡Que la gran diosa Madre, presente esta noche en su fiesta, se vea satisfecha con vuestras ofrendas! –exclamaba, extendiendo sus brazos a la noche–. ¡Démosle gracias por las abundantes cosechas de grano que las llanuras de Mesara nos han brindado! ¡Démosle gracias por el nacimiento de nuestros hijos, de nuestros ganados, por la abundante pesca! –continuaba con voz clara y potente entre el crepitar incesante de las antorchas que iluminaban el lugar del rito–. ¡Agradezcámosle la construcción de nuestras nuevas naves, porque suyos son los árboles que ahora las hacen navegar!

Luego, la sacerdotisa se dispuso a quemar una mezcla de anís, cilantro y enebro en varios pebeteros de bronce alzados sobre tres patas rematadas en garras de león. Poco después, el humo de las hierbas consumidas remontó la noche y la sacerdotisa enmudeció.

La ceremonia había finalizado.

Fue entonces cuando empezó la fiesta.

Todos comenzaron a beber agua de cebada y vino de gruesos odres de cuero mientras comían bizcochos con pasteles de miel y azafrán. La muchedumbre bailaba al son de la música desprendida de flautas y sistros tocados con júbilo y especial destreza. La fiesta se estaba desarrollando según lo esperado y todo eran risas y alegrías.

El vino no tardaría en hacer efecto. Las sombras inquietas de los danzantes en constante movimiento se recortaban vacilantes y deformadas sobre la oscuridad de la llanura. Los niños reían descontrolando también sus pasos, y sus gestos quedaban exagerados y desmedidos por la atmósfera ebria de fiesta y cánticos.

Glamia y Héctor también reían y bailaban al son de los músicos. El agudo silbido de las flautas se perdía en la noche, y el sonido metálico de los sistros reverberaba por la llanura, confundido entre cientos de risas y cantos deshilachados. Hasta las lechuzas ulularon sin parar entre la maleza de los bosques cercanos, no se sabe si felices o quejumbrosas por el incesante griterío que asaltaba la noche y dificultaba la cacería de ratones.

Cuando la luna llena rebasó la cima del monte Ida y lo coronó de luz plateada, era ya más de media noche.

Glamia y Héctor aprovecharon para subir a una de las primeras carretas que regresaban de vuelta al puerto, cargadas de jóvenes cansados. Al llegar a la curva que describía el camino delante del palacio de Cnosos, decidieron apearse en marcha y recorrer el último tramo a pie. Lo cierto es que se encontraban lo suficientemente desvelados como para aguantar la caminata hasta el puerto de Amnisos y llegar a casa de madrugada.

El palacio apenas estaba iluminado.

Algunos guardias custodiaban las puertas de entrada, pero daba toda la impresión de encontrarse abandonado en mitad de la noche.

–¿Crees que quedará alguien dentro? Parece que han bajado excesivamente la guardia... Y, sin embargo, esta mañana estaba lleno de oficiales por todas partes –comentó Héctor un tanto sorprendido.

–Sí, es extraño –admitió Glamia–. Ni siquiera se ve luz en el ingreso principal, y eso sí que es muy raro.

Héctor sintió entonces una curiosidad tremenda por adentrarse en el palacio aprovechando la situación. Sabía que corría el rumor de que allí mismo, bajo su suelo, se escondía el famoso laberinto del Minotauro, aquel ser con cabeza de toro y cuerpo humano que devoraba, cada nueve años, a siete muchachos y siete muchachas atenienses. Era el tributo impuesto por el rey Minos a la ciudad de Atenas para vengar la muerte de uno de sus hijos a manos de los atenienses. Se aseguraba que el Minotauro vivía en un intrincado laberinto sin salida que el mismo rey cretense había ordenado proyectar y construir a Dédalo, un prestigioso ingeniero y arquitecto. Si bien era cierto, nadie había tenido la desgracia de ver al terrible monstruo, pues eso hubiera significado ser una de las catorce víctimas que se le ofrecían para ser devoradas.

Pese a ello, Héctor quiso aproximarse al Patio de Ceremonias y saciar su curiosidad de ver al Minotauro, si es que realmente eran ciertos los rumores de que se hallaba prisionero bajo el palacio. Propuso su atrevida idea a Glamia, quien en un principio se mostró recelosa, pero terminó por aceptar. ¿Qué les podría ocurrir?, ¿que la guardia los pillara y expulsara sin más contemplaciones? Si solo era eso, valía la pena intentarlo. ¡Por todos los tritones que sí valía!

—¡Por aquí, Glamia! —susurró Héctor, indicando un sendero que conducía a la parte posterior del palacio desprovista de luces y guardias.

Bordearon un muro y luego descendieron por una gran escalinata, procurando no hacer ruido. Penetraron, finalmente, en el interior del palacio, a través de una entrada sin vigilancia alguna que moría en los mismísimos almacenes. Allí vieron alineadas docenas y docenas de grandes tinajas de grano, aceite y vino, decoradas con gruesas cuerdas de barro cocido y marcas estampadas. Decidieron comenzar ahí mismo su aventura y recorrieron los almacenes sin que nadie se percatara de su presencia. Buscaban una entrada que los condujera a los sótanos del palacio, a su parte más profunda y recóndita.

Cuando estaban a punto de descender los primeros peldaños de una ancha escalera, Héctor escuchó pasos y contuvo la respiración haciendo un gesto a Glamia para que no moviera ni un músculo. De inmediato se agazaparon detrás de un gran *pithos* de grano. Al poco, los pasos se hicieron más firmes y claros sobre el enlosado, y la presencia de alguien, evidente. Parecían varias personas, seguramente una guardia haciendo la ronda o, tal vez, algunos funcionarios insomnes, pero no se veía la luz de sus antorchas o de sus candiles. Caminaban a oscuras, al igual que habían hecho ellos al penetrar en las dependencias del palacio.

De pronto, se escuchó un murmullo de voces.

Héctor empezó a sentir miedo y se apretujó aún más entre la pared y la gran tinaja. Luego, decidió asomarse y comprobar sus sospechas. Fue entonces cuando vio acercarse una veintena de hombres fuertes y robustos, cargados con grandes bultos envueltos en mantas. Se escondían entre las sombras proyectadas por la luz de la luna mientras bordeaban un patio porticado, y era más que evidente que deseaban abandonar precipitadamente el palacio. Miraban recelosos a todos lados, manifestando un indiscutible temor a ser descubiertos. Estaba claro que no se trataba de ninguna patrulla de seguridad de palacio.

–¿Qué ocurre? –preguntó Glamia en un siseo casi imperceptible, agazapada detrás de otra tinaja cercana a la de Héctor.

–Creo que esos hombres están robando...

–¿Robando? Pero ¿quién podría robar en el palacio de Cnosos?

–No tengo ni idea, pero no creo que sea muy frecuente que alguien abandone de noche el palacio por los almacenes llevando ocultos todos esos bultos.

De repente, uno de los últimos hombres del grupo se giró de golpe hacia donde estaban los muchachos. El leve murmullo de interrogantes cruzados fue más que suficiente para delatar a los jóvenes testigos. El hombre se encaminó a toda prisa hacia las columnas de tinajas desenvainando una gran daga. Con gesto hosco y sombrío, fue revisando uno a uno cada *pithos* y cada hueco que encontraba, mientras el filo de su daga brillaba a la luz de luna.

Héctor se aplastó contra el muro y contuvo la respiración. Un sudor frío le empezó a resbalar por las sienes mientras su corazón latía desbocado. Presintió entonces que sus vidas corrían peligro, y, cuando al hombre le quedaban ya pocos pasos para llegar hasta donde él y Glamia estaban escondidos, ambos abandonaron el hueco y salieron corriendo en dirección contraria a la de su agresor. Pero ni Héctor ni Glamia advirtieron que el final de aquel corredor era una trampa mortal: un muro lo sellaba. Acorralados entre el muro y las enormes tinajas, sabían que el ladrón no manifestaría piedad alguna ante posibles delatores. El hombre se fue aproximando hacia ellos dispuesto a degollarlos de un solo tajo. No podía dejar testigos: los muchachos eran los únicos que los habían visto abandonar el palacio. Se plantó de frente a ellos y los miró por última vez empuñando con firmeza su daga.

Cuando la luz de la luna iluminó la cara del ladrón, Héctor quedó estupefacto. ¡No podía creerlo! Se trataba de aquel comerciante fenicio que había visto en el local de Atimos, en Akrotiri, días antes. La inmensa cicatriz, la parte superior del cráneo calva, las gruesas cejas, las profundas arrugas de la cara... Era él, sin lugar a dudas, pese a que el fenicio no lo hubiera podido reconocer con la máscara pintada que aún le cubría la cara.

Sin embargo, aquel hombre no tenía ninguna intención de echar marcha atrás. Hizo saltar varias veces la empuñadura de su arma en la mano y, sin mediar dos palabras, se dispuso a eliminarlos.

Cuando Héctor comprendió su gesto, tiró con fuerza de la mano de Glamia, esquivando así la primera cuchillada que cortó el aire. Una segunda casi le rebana a Glamia un brazo, pero la agilidad de la muchacha fue mayor y supo alejarse a tiempo, mientras, con una tercera cuchillada, el hombre intentó matar a Héctor. Arañó la máscara pintada, dejándole una enorme huella de recuerdo. Luego, los dos jóvenes echaron a correr lo más rápido que pudieron. Fue así como consiguieron escapar y abandonaron aquel lugar hasta refugiarse en la espesa maleza de los campos linderos al palacio.

Ninguno de los ladrones pudo alcanzarlos; estaban tan cargados de bultos que habrían tenido que deshacerse de su botín para salir corriendo tras los chicos. Los hombres desaparecieron poco después, al adentrarse en un bosque espeso de fresnos que la luz de la noche no fue capaz de clarear y terminó así haciéndose cómplice involuntario de su robo.

Al amanecer, los guardias de palacio daban la voz de alarma: habían robado en las cámaras reales, en donde se encontraban custodiados los depósitos de metal y la armería. Espadas, lanzas, dagas, cascos, corazas... ¡Todo había desaparecido! Por desgracia, los oficiales que realizaron el turno de noche no recordaban nada que pudiera ayudar a describir a los asaltantes nocturnos. Habían sido golpeados, maniatados y amordazados a conciencia.

Sin embargo, eso no fue todo. Los herreros del puerto estaban indignados porque alguien había entrado de madrugada en las forjas y se había llevado todo el metal. Asimismo, los caldereros revolvían en sus talleres buscando lo que ya no tenían: su preciada mercancía, las piezas hechas o a medio hacer, hasta las herramientas... También el metal listo para su fundición... ¡Los ladrones no habían dejado absolutamente nada!

El extraño robo sobrecogió a cretenses y extranjeros por igual, y, pese a que Héctor y Glamia contaron docenas de veces lo sucedido, nadie daba crédito a un hecho tan insólito como inquietante.

Los guardias de palacio pusieron patas arriba las casas y bloquearon el puerto, impidiendo así la partida de cualquier nave que no hubiera sido registrada de antemano.

Todo fue en vano. Nadie recordaba a los mercaderes fenicios y, por lo tanto, tampoco nadie supo decir de qué, ni de cuántos navíos disponían, ni si estos habían atracado o no en los puertos cercanos a Amnisos. Oficiales fuertemente armados custodiaron el puerto y vigilaron las naves que se disponían a abandonar Amnisos. Incluso, en su desesperado intento por recuperar el metal robado, llegaron a ofender con sus sospechas a más de un honrado mercader, clavando sus lanzas en los fardos de pieles, abriendo contenedores y vasijas de aceite y vino, rebuscando escondrijos ocultos entre los bancos de los remeros y en las bodegas de los gaulos y galeras. Todo ello terminó provocando un ambiente tenso y crispado.

Sin duda, la joven Glamia no olvidaría nunca el susto tan tremendo que pasó. Aún le temblaban las manos mientras guardaba las máscaras en el arcón y recordaba los intensos momentos vividos. Si no hubiesen escapado a tiempo, ¡aquel hombre hubiera acabado con ellos de una cuchillada!

Muchos apostaron que, con toda seguridad, se trataría de piratas, muy difíciles de erradicar en un mar salpicado de islas, pese al gran esfuerzo realizado en este sentido por las flotas cretenses. Si bien, de ser tan solo un hatajo de piratas –o, ¡quién sabe!, tal vez de mercenarios al servicio de algún ambicioso rey de las costas asiáticas–, conocían demasiado bien el puerto y el palacio como para no haber estado nunca allí. ¿Cómo si no supieron llegar con tal precisión a los talleres de los caldereros y los herreros? ¿Y cómo si no pudieron acceder a la Cámara del Tesoro donde se encontraban los depósitos reales y vaciarlos con tanta facilidad sin ser sorprendidos?

«Esto es cosa de los atenienses», murmuraban algunos, «siempre han estado celosos de la prosperidad de Cnosos. Ahora que se han apoderado de nuestro metal, aprovecharán cualquier excusa para desatar un conflicto armado», especulaban con malicia, recelosos de cualquiera. «¡Os digo que os equivocáis! ¡No hay que ir tan lejos para encontrar al culpable! Esto es cosa de los de Faistos...», replicaban otros. «¡Tiene razón! Los del sur siempre han estado celosos de nuestro rey y de nuestro floreciente puerto de Amnisos», juzgaba con dureza un mercader afilando la mirada.

Pero todas las suposiciones no quedaron más que en eso: puras hipótesis. El metal no apareció. Ni tampoco los culpables. El palacio redobló la guardia y puso en alerta a todos los centinelas ante el temor fundado de una posible invasión por tierra o por mar –no cabía descartar ninguna posibilidad.

Pero lo cierto es que, mientras los habitantes de Amnisos se deshacían en murmullos y conjeturas, las naves de los extranjeros llevaban horas navegando en alta mar, alejándose cada vez más de las costas cretenses con rumbo desconocido.

A la entrada del muelle donde se encontraba atracado *El Eltynia*, un anciano, enjuto y de piel reseca, pedía limosna, ajeno a cualquier sospecha. Estaba ciego. Sus ojos, de un intenso color azul, clavaban sus pupilas dilatadas en el vacío, pero su oído recogía con firmeza todo cuanto ocurría a su alrededor.

«Una limosna para este pobre anciano ciego», repetía una y otra vez, con su brazo extendido hacia cada viandante que se le cruzaba, sin desfallecer ante la indiferencia.

Héctor cruzó por delante de él y pasó también de largo, pero luego volvió sobre sus pasos antes de subir a *El Eltynia* y le llevó al anciano un tarro de miel.

–Tome –le dijo, depositándolo entre sus manos abiertas.

El anciano cogió el tarro y lo palpó con agrado al mismo tiempo que lo olía.

–¿Es miel? –preguntó con expresión de júbilo, toqueteando el recipiente–. ¡Adoro la miel!

–Sí, es miel, miel de la isla de Tera. Es la mejor miel de cuantas haya probado.

De forma inesperada, las palabras de Héctor provocaron en el mendigo una reacción confusa. El anciano se sobrecogió; en su rostro se acentuaron con fuerza las arrugas de su frente alta y reseca. Héctor notó entonces un cierto resquemor que no alcanzó a comprender.

–¿Acaso no le gusta la miel terana? –le preguntó con extrañeza.

El anciano murmuró algo entre dientes y luego dijo:

–Déjame tus manos, muchacho. Quiero leerte el futuro.

Héctor accedió. No veía nada malo en ello. El anciano depositó el tarro de miel en el suelo y se sentó sobre sus talones, obligando al muchacho a hacer lo mismo. Entonces, cogió las manos de Héctor y comenzó a palparle las palmas con la yema de su dedo índice, siguiendo luego las finas líneas trazadas hasta hacerse una idea clara de su disposición, profundidad, dirección y longitud. Continuó así durante algunos segundos, entre siseos y gesticulaciones acusadas.

De improviso, la yema de sus dedos se detuvo a mitad del palmo de la mano izquierda del muchacho. Examinó una larga línea ascendente hasta llegar al cruce con otra que la interceptaba, desviándola hacia el índice. Dos veces seguidas verificó este trazado, como si desease asegurarse de lo que parecía haber descubierto. Entonces, soltó de golpe la mano del chico y se apartó asustado.

Héctor se sobresaltó a su vez.

–¿Qué ocurre? –le preguntó extrañado y un tanto confuso.

El anciano comenzó a respirar con agitación y poco a poco le fue inundando un inexplicable temor que parecía devorarlo. Se balanceó con suavidad sobre sus talones antes de decir lo siguiente:

–Hay un sol en tu interior. Ello significa que brillarás en vida, tendrás éxito y serás un honrado comerciante, pero... cuando la sombra de tu cuerpo desaparezca a plena luz del día, se abatirá un cielo negro sobre nuestras cabezas y su oscuridad cubrirá el destino de nuestro pueblo.

Y mientras esto decía, elevaba sus manos y ojos al cielo, como si implorase la clemencia divina. Después, lo embargó una profunda tristeza y enmudeció. Pero más tarde comenzó a sollozar y, entre gemidos y terribles presagios, estalló al fin desvelando nuevas revelaciones:

–¡Por todos los dioses! ¡Que la propia Gea nos proteja! ¡Tú... tú... tendrás que ver con todo ello! No podrás evitarlo y morirás con todos nosotros. La noche cubrirá al día, como el fuego al mar y el mar a la tierra. Poseidón vomitará su ira y ahogará a su pueblo bajo las aguas... y tú te verás envuelto en todo lo que allí ocurra. ¡Vete de aquí! ¡Aléjate de Creta! ¡Ojalá las sirenas rapten tu alma y se la ofrezcan al hijo de Zeus en sacrificio, más allá de las Columnas de Hércules!

Héctor quedó sobrecogido. Tieso como una estaca clavada en el muelle crujiente, miraba la palma de su mano buscando el terrible destino que aquel hombre ciego había visto de forma tan clara.

Nadie hizo caso al anciano ciego cuando permaneció tendido en medio del muelle, gimiendo y sollozando, mientras que Héctor regresaba a *El Eltynia* sin atreverse a revelar al resto de la tripulación lo que acababa de suceder.

Sin embargo, este no fue el único extraño suceso que asaltó el puerto aquella mañana de verano. Otra rara situación se sumó a ella.

Durante el último viaje que Axos realizó a Creta, convino la venta de las esponjas de Héctor a uno de los más prestigiosos herreros del barrio norte de Amnisos. A cambio, quiso una daga de bronce con la empuñadura labrada que mostrase dibujos de espirales encadenadas, al gusto típicamente minoico. Pero el orfebre encargado de tallarla aún trabajaba en su confección. Axos tenía que partir rumbo a Tera sin más demora, así que acordaron recogerla más tarde, con motivo de la Fiesta de las Máscaras. Para entonces el trabajo estaría listo y podría regalársela a su hijo, tal y como tenía previsto. Sería una gran sorpresa para Héctor.

Al día siguiente del gran robo, el taller y la forja del orfebre y herrero se encontraba cerrada. La esposa del artesano recibió a Axos en la misma calle, evitando así hacerle pasar a la forja, y le entregó un paquete envuelto en una tela de lino blanco que su esposo le había dejado preparado para él. El rostro de la mujer reflejaba una profunda preocupación, pero no dijo más palabras que las precisas; ofreció disculpas por la ausencia de su marido, pero ninguna aclaración al respecto.

Axos desdobló la tela delante de la mujer. En su interior encontró la daga terminada, una auténtica joya realizada por uno de los mejores artesanos de Creta. Experimentó una gran alegría y envolvió de nuevo la daga con gran cuidado.

Contento por el trabajo realizado, deseó expresar su satisfacción a la mujer del herrero.

–Siento que Temikos no esté presente para darle mi enhorabuena. Dígale de mi parte que he quedado muy satisfecho y que lamento no haberlo visto para decírselo en persona.

La mujer no experimentó la más leve señal de satisfacción ante sus palabras. Solo se disculpó por la brevedad de su recibimiento y luego cerró la puerta. Axos se quedó allí, esperando inútilmente una respuesta a su misteriosa actitud. Escuchó algunos sollozos ahogados al otro lado del portón, arropados más tarde por el silencio.

Extrañado, golpeó de nuevo los gruesos tablones de madera, pero terminó desistiendo y se alejó de allí para adentrarse entre las estrechas callejuelas del barrio de regreso a la posada.

3
Un destello de luz marina

Hasta los tritones debieron ponerse en contra de los hados por haber permitido una travesía tan penosa como la que tuvieron de regreso a Tera. *El Eltynia* tuvo que hacer frente al peor de los contratiempos en alta mar: los vientos desfavorables del Aquilón –exceptuando, claro está, el abordaje de piratas–. Los remeros agotaron sus fuerzas luchando contra olas espumosas de más de cuatro cuerpos de altura en medio a una tormenta que arreció contra la nave y desplazó algunas tinajas de aceitunas de la crujía central al romper la cuerda que las unía, lo que provocó que terminaran cayendo por la borda.

Los delfines acompañaron al gaulos desde el amanecer del segundo día hasta poco antes de arribar al puerto de Akrotiri. Una decena de *kymbas* –pequeñas barcas de pesca costeras– faenaban a poca distancia de allí. Sus pescadores saludaron a *El Eltynia* al reconocer su vela blanca alumbrando la lejanía grisácea en plena alta mar. Sobre la abrupta loma de la montaña que se asomaba al mar, la entrada de la gruta del viejo Lyktos era visible desde el navío; sus colmenas colgadas en los saledizos de los peñascos quedaban bien resguardadas sobre aquella vertiente, al abrigo de los fuertes vientos del norte.

Aquella misma tarde, Héctor decidió ir a visitar al anciano pastor. Acudió a su encuentro antes de la caída del sol. Subió la montaña por la estrecha vereda zigzagueante que conducía entre romeros y brezos hasta la entrada de una antigua gruta sagrada; Lyktos la había acondicionado a modo de vivienda.

La hermosa daga que su padre le había regalado durante el viaje de regreso resplandecía en su cintura con singular fuerza. Cuando Héctor alcanzó la cima de la colina, encontró al pastor ordeñando las cabras para preparar algunos quesos.

Mientras Lyktos recogía la leche en un cuenco, Héctor le hizo partícipe de lo sucedido en Amnisos. El anciano pastor de rostro enjuto y piel bronceada quedó perplejo.

–Será cosa de los dorios... –opinó entonces, mientras vertía la leche en un caldero colgado encima de unas brasas–. Desde hace tiempo temo que tienen intención de atacar al rey Minos, aunque, si he de serte franco, no me parece un pueblo lo suficientemente poderoso y fuerte como para organizar una invasión. Les hacen falta aliados, pueblos agresivos y bien armados, con una buena flota de gaulos y, sobre todo, motivados por la obtención de un cuantioso botín de guerra para pagar a los mercenarios... Pero hay algo que me hace pensar en otra posibilidad, remota, eso sí, aunque no deja de ser otra posibilidad...

—¿Traición, tal vez? —sugirió Héctor.

Lyktos negó con contundencia mientras depositaba con un cucharón de madera de olivo la leche ya cuajada sobre un recipiente trenzado que iba goteando el suero sobrante.

—Entonces, dime, ¿de qué se trata?

—¡Bah! Tal vez no debería hablarte de ello... Es una tontería... Cosas que corren de boca en boca y terminan deformando la realidad, si es que existe tal realidad y no es más que el fruto de la imaginación de algún cretense privado de inteligencia por el propio Zeus. Habladurías de la gente, de los marineros... ¡Ya sabes! De cualquier forma, no deberías preocuparte demasiado por las palabras de aquel anciano mendigo. Amnisos está lleno de viejos sacerdotes de sectas religiosas que se pasan el día leyendo futuros inciertos en el vuelo de las aves y el movimiento de las serpientes...

—Luego es cierto lo que cuentan...

—Ya te he dicho que no son más que habladurías —insistió—. Me temo que deberíamos prepararnos para una guerra. El robo de tanto metal no creo que tenga otro objeto más que el de la fabricación de nuevas armas: espadas, dagas, yelmos, corazas... Si aquel hombre de la cicatriz era fenicio, con toda probabilidad fuera un mercenario más al servicio del mejor postor. Tiro y Sidón jamás atacarían a los cretenses... Aunque, hoy en día... cualquiera se vendería por un buen cargamento de vino, aceite o esteatita cretense.

Héctor pareció acomodarse a los argumentos del sabio pastor. Quedó tranquilo con sus explicaciones bélicas, o cuanto menos parecían bastante más convincentes que las del anciano mendigo, dada la prosperidad de la que disfrutaba el pueblo cretense y las envidias que pudieran levantar en otros pueblos vecinos.

Permaneció junto al pastor hasta que del día no quedó más claridad que la del horizonte iluminado a la luz del sol sofocado por el mar. Regresó casi a oscuras al puerto.

Aquella misma noche, Lyktos penetró solo en lo más profundo de la vieja gruta sagrada. Hacía mucho tiempo que no entraba en ella. En su interior habían quedado muchos vestigios de antiguos cultos y ofrendas a Hefesto, dios del fuego y los volcanes, pero ahora un grueso manto polvoriento lo cubría todo. Un temblor de tierra fue el causante del abandono de su culto; cercenó una parte de la cueva y bloqueó el acceso al interior de la montaña desde la cámara de ofrendas en donde ahora él se encontraba.

Mientras inspeccionaba el lugar, le daba vueltas al relato del muchacho. De todo lo que le había contado, un hecho sin relación aparente con el robo resultaba muy sospechoso: Temikos, el herrero, no estaba presente cuando Axos fue a buscar la daga de Héctor. Según comentó Héctor, tampoco lo vieron el día anterior al robo. El taller permaneció cerrado durante el tiempo que duraron las pesquisas de los oficiales, a pesar de que fue inspeccionado como todos los demás, y tampoco en su interior encontraron ni el botín, ni resto alguno de metal.

«¡Extraño! ¡Francamente, todo es muy extraño!», murmuraba para sus adentros una y otra vez.

Abandonó la gruta sumergido en sus cábalas y se dirigió de nuevo a la choza. Allí recogió una orza de barro que contenía algunos objetos y regresó de nuevo a la gruta con la antorcha. Penetró con ella hasta que la oscuridad hizo necesaria su luz. Avanzó algunos pasos hasta llegar al centro de la caverna. Allí se detuvo y, sobre una enorme roca plana y pulida, vació la orza. De su interior salieron rodando siete piedras de colores. Las amontonó en una esquina de la lastra de roca y, con un trozo de carbón, dibujó una espiral sobre la superficie lisa y pulida hasta trazar siete vías, cada una de las cuales fue marcada con un signo distinto. Luego, introdujo las piedras de colores en la orza, la volcó en alto y las dejó caer encima de la espiral. Estas rodaron hasta quedar depositadas seis en el centro de aquella y la séptima en el exterior.

Lyktos abrió los ojos de par en par y contuvo la respiración. ¡Semejante disposición era tan nefasta como ver sobrevolar una bandada de grajos negros sobre el templo de Britomarte! Juzgó oportuno volver a repetir el procedimiento, y así lo hizo. Sin embargo, el resultado fue el mismo.

Entonces, con la mirada fija en la inquietante combinación de piedras y colores sobre la espiral, se dejó caer al suelo profundamente abatido y solo pudo exclamar en voz alta con profunda resignación:

–¡Oh! ¡Que los dioses se apiaden de los mortales!

Héctor llevaba semanas buscando nuevas colonias de esponjas en los acantilados rocosos del cabo Stomión, al oeste de la isla de Tera. Sus rompientes eran peligrosos, y pocos los navíos que se aventuraban a cruzar aquella zona por temor a un naufragio seguro. Pero una pequeña y ligera *kymba* como la suya sí podía llegar hasta el cabo, evitando las escolleras que se hundían bajo las aguas y dejaban un campo de afiladas espadas dispuestas a rebanar los cascos de los navíos más recios.

Aquella mañana, su hermana lo acompañaba. Ilatia remaba con tanta fuerza como Héctor, pese a que era un año menor que él y delgada como una caña. Bordearon la costa hasta llegar a los macizos rocosos que anunciaban el comienzo del cabo. Sortearon los peñascos afilados que afloraban entre el oleaje revuelto, hasta que Héctor estimó oportuno explorar más de cerca el fondo en esa zona. Al llegar al cabo norte, detuvieron la *kymba* y lanzaron al agua una gran piedra perforada que colgaba de una gruesa cuerda de cuero.

Héctor se lanzó al agua llevando su bolsa de malla trenzada sujeta a la cintura. Descendió con rapidez. Encontró bancos de corales rojos y, un poco más lejos, una colonia de esponjas muy aclarada entre anémonas rosadas. Reconoció, incluso, los restos de un navío naufragado. Reposaba en el rellano de una ladera marina con la quilla partida en dos inmensos pedazos, y todo su cargamento de ánforas yacía desparramado entre los riscos, ofreciendo cobijo a numerosos peces y algas.

Héctor ascendió a la superficie cuando en su bolsa no cabía ni una esponja más. Ilatia vació la malla mientras él descansaba. Luego, descendió por segunda vez y en esta ocasión buscó a mayor profundidad. Fue entonces cuando encontró la entrada de una gran cueva submarina, pero no se aventuró a explorarla y se quedó inmóvil frente a ella mientras flotaba en el vacío, observándola.

De pronto, sucedió algo con lo que no contaba; una corriente de agua cálida lo arrastró hasta el interior de la gran caverna. Héctor sintió miedo; sabía bien del peligro de aquellas corrientes marinas y también que se estaba quedando sin aire y moriría ahogado si no conseguía salir pronto de allí. Pero, sin duda, la misma diosa Dictina debió de sentir lástima por él e intercedió en su destino obligando a que la corriente lo introdujera al interior de una pequeña oquedad, en donde el mar había tallado un remanso en la pared. Allí pudo recuperarse del susto y quedó abrazado a las rocas hasta que consideró recobradas sus fuerzas y normalizada su desacompasada respiración.   .

El río de agua caliente desaparecía, adentrándose por un túnel que se abría a su derecha. Una madeja de algas arrastradas por el agua señalaba su curso en la oscuridad con intensos colores irisados.

Héctor no tenía más que dos opciones para escapar de allí: o bien se aventuraba a seguir por aquel túnel dejándose arrastrar por la corriente, o bien esperaba el descenso de la marea. Tal vez para entonces la entrada de la gruta aflorase por encima de la superficie del mar y fuese más sencillo regresar por la misma entrada. Optó por la segunda opción y se dispuso a esperar a sabiendas de que, de este modo, dentro de pocas horas todos se encontrarían llorando ya su muerte.

Ilatia estaba desesperada. ¡Hacía más de media hora que Héctor había desaparecido bajo las aguas! Terminó por lanzarse al mar e ir en su busca. Escudriñó cada recoveco rocoso, cada madeja de algas verdosas que veía, cada banco de peces... Buscó incluso sangre en el agua, temiendo que algún tiburón se hubiera cebado con su carne.

Nada. No quedaba ni rastro de su hermano.

Había pasado demasiado tiempo; algo muy grave tenía que haberle sucedido, y seguro que ya se habría ahogado. Decidió regresar al puerto y dar aviso de lo ocurrido. Remó descorazonada y, mientras sorteaba las rocas afiladas en su camino de regreso, avistó una galera cercana. Le hizo señas al navío agitando los brazos, pero, inexplicablemente, la nave no se detuvo y pasó de largo, ignorándola. Llevaba rumbo a poniente, hacia el cabo Stomión, y, sobre el mascarón de proa Ilatia observó con claridad tres inmensos ojos pintados que parecieron traspasarla con su penetrante mirada. Maldijo en voz alta tan inhumana actitud, pero Ilatia no tenía tiempo que perder. Continuó remando hasta llegar al puerto de Akrotiri. Amarró en el muelle a primera hora del atardecer.

La galera extranjera ancló al otro lado del cabo, a cobijo de la habitual ruta de los navíos de comercio. La marea había subido hasta cubrir el campo de riscos cortantes, y se hacía peligrosa la continuación de la travesía costera en semejantes condiciones.

Los acantilados se elevaban hasta el mismo cielo, y los graznidos de las gaviotas reverberaban con un eco ronco e incesante sobre las paredes rocosas mientras las aves revoloteaban cerca de sus nidos. La espuma salada se deshacía agotada tras el batir rompiente de una nueva ola contra la sólida pared, y su manto blanco se extendía por toda la superficie agitada, tiñendo de blanco el agua.

Pirantros ordenó arrojar el ancla por la borda después de haber arriado la vela. El fenicio no deseaba delatar su posición a otros navíos en ese punto de la costa.

Istrión, el chipriota, estimó acertada su decisión.

–De cualquier forma, es arriesgado permanecer aquí –le dijo así, echando una torva mirada a las escolleras–, pero también es cierto que ningún otro navío se atrevería a cruzar el cabo con marea alta. Fondearemos hasta que caiga el sol. Mientras tanto, deberíamos cubrir la proa; podríamos ser avistados y reconocidos.

–Me parece una medida oportuna –opinó el fenicio, arrastrando sus palabras con marcado acento oriental. Luego se dirigió a la bodega de la galera y ordenó dar agua y comida a los prisioneros, cuatro cretenses, entre gentes de Amnisos, Vatipetros y Katro Zacros.

A continuación, les habló con voz ronca y severa:

–Permaneceréis vivos hasta que nuestro «señor» ordene lo contrario. Sois sus prisioneros, no los míos, que os quede bien claro. Lo queráis o no, estáis a su servicio, al igual que todos nosotros. ¿Entendido?

Los prisioneros, sudorosos y debilitados por la larga travesía transcurrida en el interior del navío de los tres ojos, no osaron contrariarlo ante su incierto futuro. Antes de abandonar la bodega, les vendaron los ojos con tiras de cuero; no en vano, pues todos los prisioneros eran minoicos y posiblemente reconocerían las costas escarpadas de una isla por todos conocida y tan cercana a Creta, lugar de su captura.

El nivel de flotación de la nave cubría casi dos tercios de las cuadernas de la galera y hacía crujir la embarcación con cada empellón de una nueva ola.

Itanos, el rodio, temió por el botín. No conocía aquellas costas como Pirantros, pero veía cómo el filo de las rocas amenazaba el casco del navío cada vez que descendía el mar y arremetía de nuevo contra el rompiente del acantilado. De sobra sabían los riesgos que corrían navegando con demasiada carga, al igual que las otras naves que habían quedado a la espera en las islas de Níos, Sikinos y Folegandros, a menos de media mañana de travesía de allí con vientos favorables.

Los prisioneros conjeturaban acerca del sitio en donde podrían encontrarse. Desde que fueron apresados, habían fondeado más de cinco veces, en cinco enclaves distintos y siempre en costas alejadas, agrestes y anónimas.

Los extranjeros tenían órdenes bien precisas de no desvelar, bajo ningún concepto, el objetivo de su misión ni el punto de destino. Preguntar a los remeros fue del todo inútil: eran mudos. Les habían cortado la lengua para que no protestasen. El soborno tampoco dio resultado; ninguna riqueza pudo doblegar la voluntad o fidelidad hacia su «señor». Los prisioneros pensaron que tal vez serían condenados a realizar trabajos forzados, vendidos como esclavos en algún mercado de las costas orientales o arrojados a los tiburones si dejaban de serles útiles. Aunque este no parecía ser el caso, ya que todos los hombres raptados a bordo de la galera del fenicio eran expertos en las artes de la metalurgia, excelentes orfebres y herreros. Ningún pirata en su sano juicio sacrificaría a un buen metalúrgico sin más: eran demasiado valiosos, y, además, sus almas estaban protegidas por el mismo dios Hefesto, quien les había enseñado tales artes antes que a ningún otro humano –o al menos eso se decía–. La muerte de uno de ellos a manos de un mercenario o un pirata traía mala suerte de por vida a su verdugo e incluso la pérdida de su propia vida.

Los prisioneros apuraron los últimos sorbos de agua de un odre común y comieron el pescado que les fue ofrecido junto con algunas nueces y fruta fresca. Más tarde, fueron conducidos de nuevo a la bodega y encerrados hasta el ocaso.

Pirantros esperó paciente en el puente de mando. Era de vital importancia no cometer ni un solo error, y no quedaba más remedio que aguardar a que la noche cayera. Mientras tanto, el velamen permanecía recogido en las vergas y su proa a resguardo, cubierta con una manta de pieles para que nadie pudiera reconocerla.

Su escondite era perfecto, y el plan del fenicio marchaba viento en popa según lo previsto.

La marea comenzó a descender.

Pese a que las aguas del túnel seguían reflejando la misma luz que horas antes, Héctor estaba convencido de que la noche tenía que estar bien entrada desde hacía un buen rato. Poco después, el techo de la gruta afloró tímidamente por encima de la superficie del mar. Había llegado el momento de abandonarla.

Héctor se lanzó al agua y nadó cruzando el túnel de entrada. Fue sencillo; le bastó guiarse por la luz de la luna que penetraba por aquel y dejar la gruta a su espalda.

Tuvo suerte. Aquella noche el mar estaba en calma y pudo nadar, descansando a ratos, entre las rocas, hasta alcanzar un tramo de playa que consiguió definir desde la lejanía. Era la playa del cabo Stomión.

Cuando finalmente puso pie en ella, las fuerzas casi le habían abandonado.

Estaba helado y sin nada que echarse encima, pero no le quedó más remedio que emprender el camino de vuelta a casa en plena noche. Pensó que, de este modo, la caminata lo haría entrar en calor y dejaría de tiritar.

Subió por una escarpada ladera cercana a la playa y, desde allí, encontró sin dificultad el sendero costero que reconoció de inmediato: era el camino hacia la gruta de Lyktos. Aquello lo animó muchísimo, y una sonrisa de satisfacción se dibujó en su rostro visiblemente agotado.

Miró de nuevo al mar en busca de la gruta emergida, con ánimo de poderla localizar en sucesivas ocasiones, pero desde la colina no consiguió verla; quedaba oculta tras una pared del acantilado cercano al cabo. Sin embargo, pudo contemplar un extraño e inesperado fenómeno. Observó cómo una potente fuente de luz se desplazaba por el fondo del mar a gran velocidad. Pensó que podría tratarse del reflejo de la luna sobre un banco de medusas o, tal vez, de peces antorcha. Enseguida comprobó que no se trataba de nada de eso. La luz era azul y verde esmeralda, de tonos intensos y muy brillantes. Se desplazaba a gran velocidad bajo las aguas sin que nada se interpusiese en su camino. Observó cómo la luz se adentraba en la costa y luego se alejaba, hasta que finalmente volvió a su punto de origen. Allí desapareció, en un lugar muy próximo a la gruta subterránea. Poco después, el océano quedó a oscuras.

Héctor permaneció un rato más a la espera de una segunda aparición. Sin duda, había tenido la inmensa fortuna de contemplar una enorme ballena o un tiburón gigantesco, o quizás una señal enviada por el mismo Poseidón que no supo interpretar de forma adecuada. Si bien pasado un tiempo de ansiosa espera, nada sucedió. Estaba claro que aquel singular fenómeno había tocado su fin.

Reanimado por el espectáculo presenciado, el peso del cansancio se agudizó de golpe. Entonces decidió reanudar la marcha y se encaminó a lo alto de la escarpada ladera hasta alcanzar la humilde casa del pastor. Allí podría pasar la noche.

Cuando llegó, Lyktos dormía en el interior de su choza. Héctor entró sin hacer ruido mientras Zenón le lamía las manos y las piernas, agitando la cola en señal de bienvenida, pero sin llegar a ladrar. Se acomodó por el suelo en otro camastro de paja, al lado de los rescoldos aún calientes y con la cabeza del perro encima del estómago. El sueño no tardó en vencerlo y se quedó profundamente dormido.

Poco después de oír cantar al gallo, Lyktos zarandeó al muchacho para que se despertara, si bien Héctor era lo más parecido a una roca: ni oía, ni se movía. Percibió en sus piernas desnudas profundos cortes sanguinolentos y le aplicó algunos emplastos de cera de abeja sin que el chico emitiera mueca de dolor alguna. El pastor examinó el resto de su cuerpo buscando más golpes o cortes, pero no parecía haber motivos de preocupación. Dejó descansar al muchacho y se dispuso a preparar varios quesos, envolviéndolos en gruesas hojas de higuera que luego introdujo en las alforjas de su asno junto con una decena de pequeños tarros de miel.

Pasado el mediodía, Héctor abrió los ojos. Su sueño había sido pesado y angustioso. Soñó con aquella luz. Le dio forma humana, animal, vegetal, por separado y en conjunto, configurando extrañas creaciones más propias de los dioses subterráneos. Soñó con un ser, medio humano, medio marino, cubierto de escamas doradas que brillaban con intensidad a la luz de la luna. Devoraba el fondo de los acantilados a mordiscos, bebía el vino de las ánforas de aquella galera naufragada y eructaba como un volcán los vapores de la uva fermentada. Aquel ser nadaba a gran velocidad, sorteando las rocas y destrozando con sus inmensos pies palmípedos las esponjas más grandes que había visto bajo el mar. Sus ojos eran fríos y de color amarillo, y rugía con fuerza cuando no encontraba lo que buscaba. Su chillido provocaba violentos temblores marinos que hacían resquebrajar los acantilados del cabo y precipitaban al mar las rocas desprendidas.

Héctor había dormido tan profundamente que le costó hacerse una composición de los hechos y creyó que lo vivido en la caverna había sido fruto de aquella terrible pesadilla de la que se acababa de despertar. No obstante, necesitó poco tiempo para darse cuenta de lo contrario. Al tratar de incorporarse sobre el camastro de paja, sintió una profunda desazón. Tenía todo el cuerpo magullado y le dolían hasta las uñas de los pies. Aún medio dormido, palpó sus piernas y encontró los emplastos de cera adheridos a la piel. Una sensación de alivio infinito lo invadió de pronto y emitió un prolongado suspiro.

Escuchó, entonces, los pasos de Lyktos próximos a la choza y a los corderos y cabras que balaban en la pradera.

Los agudos ladridos de Zenón se hicieron sentir en su cabeza de un modo especial; por unos instantes pensó que el cerebro le estallaría si Zenón continuaba ladrando.

Al abrir el viejo portón de troncos, Lyktos dejó penetrar la luz, que de golpe invadió la estancia hasta entonces en penumbra.

–¡Oh! ¡Al fin despertamos! –exclamó el pastor al entrar, peinándose, con la palma sudorosa de la mano, su melena canosa hacia la nuca. Zenón, meneando la cola con fuerza, propinó un par de lametones a la mejilla derecha de Héctor–. En mi larga vida había visto un sueño tan profundo como el tuyo, muchacho.

Héctor bostezó sin miramientos y luego se secó la mejilla mojada de saliva. Enseguida quiso dar explicaciones a Lyktos de lo ocurrido, pero bien sabía que le resultaría de lo más embarazoso hacer algo así, ya que tenía absolutamente prohibido bucear en aquella peligrosa costa. Urdió un discurso improvisado, sin ninguna seguridad de resultar lo bastante convincente como para evitarse el chaparrón de riñas que, seguro, le lloverían a continuación.

–Lyktos, no creerás lo que me ha sucedido –comenzó así, dando un tono dramático a su relato para que inspirase piedad antes que cualquier otra cosa–. Ayer casi muero ahogado en el cabo Stomión... Quedé atrapado en una cueva subterránea cuando exploraba la zona buscando nuevos bancos de esponjas. Ilatia me acompañó y... ¡Oh! ¡Por todos los dioses! –exclamó de pronto con los ojos desorbitados–. ¡He de volver a casa de inmediato, o, de lo contrario, todos en Akrotiri estarán preparando ya mis exequias! No tuve más opción que esperar a que bajase la marea para escapar de allí, y... ¡Por lo que más quieras, Lyktos! ¡No me mires de ese modo, que parece como si te estuviera contando una gran patraña!

Lyktos había escuchado al muchacho en silencio, sin interrumpirlo, mientras las arrugas de su anciano rostro se habían ido endureciendo más y más ante las aclaraciones deshilachadas y entrecortadas de Héctor. Estaba claro lo sucedido. Hubiera deseado otra explicación, pero aquella era la verdadera, y Héctor no solía mentir. El cabo Stomión era uno de los lugares más traicioneros de la costa terana. Ningún barco que se adentrase en las escolleras cortantes había salido indemne. Lyktos no pudo evitar enrojecer de cólera ante sus explicaciones, sin duda, difíciles de exponer, pues ambos sabían que cualquier marinero o pescador de esponjas jamás se hubiera adentrado en esas aguas sino a riesgo de perder su propia vida.

−¿Quién demonios te manda ir a bucear hasta allí? −le reprendió entonces con indignación−. ¿Es que no te basta con las escolleras de Akrotiri o con las de Exomitis?

−¡Hay docenas de buceadores allí! −replicó Héctor, intentando justificarse de alguna forma−. Si mi padre ha de vender las mejores esponjas, habré de buscar en otros lugares...

−¡Pero no a costa de tu propia vida, insensato muchacho!

Zenón terminó interviniendo en la riña. Primero ladró al muchacho, y luego, distanciándose de su amo, también a él, mostrándose así molesto por el tono irritado de sus voces.

A Héctor no le quedó más remedio que aguantar el chaparrón de riñas que le llovió a continuación. Para Lyktos no había explicación alguna que justificase una imprudencia tan grave. Más de una nave había naufragado en esas costas; se rumoreaba, incluso, que algún hijo de Zeus provocaba los naufragios para devorar a sus tripulantes, puesto que por todos era sabido que la marea no devolvía los cuerpos ahogados hasta las playas cercanas.

Cuando Héctor se sintió con fuerzas como para andar por su propio pie, ambos abandonaron la choza y se encaminaron a Akrotiri.

Lyktos había dejado de reñirlo. Tal vez por cansancio, tal vez porque consideraba suficiente lo dicho. Ayudó a Héctor a subir a lomos del asno y partieron sin más demora, llevando los quesos y la miel en las alforjas. Zenón quedó a cargo del rebaño y los acompañó hasta alcanzar el sendero, justo al final de la ladera. Allí se detuvo y luego regresó, reorganizando a sus cabras y ovejas entre carreras y ladridos.

Héctor y Lyktos abandonaron el sendero poco después y descendieron por otra pendiente hasta llegar al bosque aclarado de fresnos que verdeaba el cauce de un arroyo seco. Lo cruzaron. Al otro lado de su orilla se extendían ya los campos de olivos cercanos a la ciudad de Akrotiri.

Pese al silencio cortante, Héctor se moría de ganas de terminar su relato y contarle lo de aquellas extrañas luces bajo el agua, pero Lyktos seguía aún molesto y enfadado.

El asno continuó por el sendero hasta llegar a su acostumbrado punto de destino. Se detuvo nada más cruzar el pequeño astillero situado a las afueras del puerto.

Allí, Lyktos rompió al fin su silencio y se dirigió al muchacho en tono severo:

–Baja y corre a buscar a tus padres antes de que sacrifiquen innecesariamente algún animal en tu nombre.

–Claro, Lyktos –contestó cabizbajo–. La verdad es que no sé cómo darte las gracias. Espero que perdones mi imprudente actitud. Si me lo permites, subiré dentro de unos días a ayudarte con la recolección de la miel... si es que para entonces no sigues molesto conmigo.

Lyktos resolvió su respuesta con un gesto mudo de aprobación, mientras se peinaba la blanca barba con los dedos. Era señal de que su malhumor comenzaba a remitir.

–Está bien –dijo luego–. Pero... ¡por todos los tritones que habitan en el océano! ¡Prometo azotarte con una gruesa caña si me entero de que has vuelto a bucear en el cabo Stomión!

Héctor no se tomó en serio su advertencia. Sin embargo, su padre sí sabía cómo imponer disciplina, emitiendo pocas palabras, pero de forma clara y contundente, y eso precisamente fue lo que ocurrió en cuanto Héctor cruzó el umbral de su casa.

Al otro lado del patio encontró a su familia sollozante y resignada. Su padre se encontraba a punto de rebanar la yugular a uno de sus mejores corderos, dispuesto encima de un pequeño altar de sacrificios.

Axos palideció ante la viva imagen de su hijo, al que daba ya por muerto. De su mano se resbaló el cuchillo afilado, y el animal, aferrado por el cuello bajo el grueso brazo de Axos, aprovechó la relajación de aquellos músculos y se liberó de su verdugo antes de que las plegarias y los acompañados gemidos volvieran a repetirse.

Su madre y su hermana se quedaron sin respiración, y las lágrimas se les congelaron a mitad de las mejillas. De pronto, en el rostro de su madre se dibujó una expresión de felicidad infinita y echó a correr hacia su hijo para envolverlo en besos y abrazos.

Héctor se dejó hacer. ¡Qué menos! No todos los días le daban a uno por muerto. Explicó como pudo lo ocurrido, al menos su versión. Pero cuando trató de narrar el extraño fenómeno de las luces que vio desde el acantilado, lejos de contribuir a aplacar la ira de su padre, consiguió enfurecerlo más todavía.

–¿Cómo has dicho...? ¿Luces recorriendo las aguas a toda velocidad...? ¡Será posible! ¡Vamos, Héctor, no me cuentes más mentiras!

–¡No es una mentira, padre! –le repitió por cuarta vez–. Os digo que vi algo muy extraño desde el acantilado, y si miento, ¡que la diosa Démeter me prive de su protección desde hoy mismo!

–¡Qué barbaridades estás diciendo, hijo! –exclamó su madre, asustada ante esa terrible posibilidad.

–Me encontraba lo suficientemente despejado –prosiguió Héctor– como para saber que no se trataba de ninguna alucinación. Vi con toda claridad esas luces que recorrían las aguas del cabo, hasta que, de pronto, desaparecieron debajo del acantilado de las gaviotas.

Pero Axos no había escuchado nunca una mentira con tanta imaginación como aquella. Mentira que alcanzaba la altura de su desobediencia probada.

«¡Luces que recorrían el agua! ¡Qué barbaridad! ¡Lo que un muchacho es capaz de inventar con tal de ahorrarse un castigo bien merecido!», se dijo Axos.

4
Los cautivos de Glauco

Después de abandonar la bodega de la galera, los cuatro cretenses fueron trasladados, vendados y maniatados, a bordo de una *kymba*, hasta un pequeño embarcadero oculto dentro de una caverna marina.

Desde allí los condujeron por un túnel interminable hasta llegar a una celda estrecha y alargada, de paredes muy altas y sin luz natural. Dentro hacía un calor asfixiante; de las rocas rezumaba agua caliente y salada, y una antorcha iluminaba la estancia de día y noche.

–¡Maldita sea! ¡Han transcurrido más de diez días y aún no sabemos qué es lo que quieren de nosotros! –protestó Temikos, como si esperase que el guardián de su celda tuviera a bien ofrecerle alguna explicación después de tanto tiempo de cautiverio.

–Tranquilízate –le aconsejó Raukos, hombre de aspecto sereno y temperamento afable–. Ya sabes que no hay ninguna posibilidad de obtener información a través de ellos. Tienen orden estricta de hacernos llegar la comida y el agua. Nada más. Ya viste lo que le ocurrió a aquel infeliz que osó preguntarnos por nuestro origen. Sirvió de cebo a los tiburones...

Era evidente que la paciencia de Temikos estaba al borde de su aguante, pues no era aquella su mejor virtud. Todavía nadie se había dirigido a ellos para explicarles el motivo de su rapto.

El fenicio les habló de un «señor» a quien se suponía que deberían rendir sus servicios y obediencia ciega, pero ¿con qué objeto? ¿Y quién era aquel «señor» de quien ninguno de los allí presentes había oído hablar? ¿Cuáles eran sus intenciones? ¿Atacar Cnosos, invadir la isla de Creta y derrocar a sus reyes, saquear sus palacios, raptar a sus mujeres y vender a los prisioneros como esclavos en las ciudades costeras de Anatolia? Demasiadas eran todas estas preguntas sin respuesta, que los asaltaban día y noche, como para permitirles conciliar el sueño nada más que a ratos.

Pero los cretenses sabían bien que no se encontraban solos; había más celdas... y también más prisioneros. Los goznes de sus cancelas chirriaban con la misma estridencia que los suyos, y las protestas eran frecuentes, aunque desconocían cuándo habrían llegado, ni si llevaban más o menos tiempo que ellos en esas mismas condiciones, ni tampoco cuántos habría. Más de una vez, Temikos y Raukos intentaron comunicarse a gritos con ellos, pero sus llamadas de auxilio terminaban perdiéndose entre los pasadizos y galerías.

Por otra parte, un extraño suceso asaltaba la atención de centinelas y prisioneros cada vez que se producía. Se trataba de un terrible estruendo, un rugido que enmudecía de golpe las protestas de los prisioneros y provocaba intensas vibraciones en las rocas. Este inexplicable hecho tenía lugar una o varias veces al día, y, cuando al fin cesaba, todo quedaba arropado bajo un enigmático silencio hasta que de nuevo los prisioneros reanudaban sus quejas, golpeando los gruesos barrotes de las cancelas con lo primero que encontraban a mano.

Los centinelas servían dos comidas al día, que generalmente consistían en pescado y frutos secos, además de un odre de agua fresca por celda.

Se acercaba ya el momento del segundo servicio. Raukos, el robusto herrero de Amnisos, se aproximó a la cancela. Vio la luz vacilante de una antorcha acercándose; el centinela estaba a punto de llegar. Temikos, el orfebre también de Amnisos, mataba su tiempo recorriendo la celda por cuadragésimo novena vez desde que se había levantado de su camastro, poniendo a prueba con sus pasos la paciencia de los demás.

–¡Basta ya! –le ordenó irritado Asterio, el herrero de Vatipetros, fuerte y musculoso como un toro–. Si continúas así, terminarás con el poco aguante que aún nos queda.

–¿Y qué se te ocurre que haga? –protestó Temikos, molesto.

–¡Nada! No puedes hacer absolutamente nada... Pero si sigues dando vueltas, acabaremos todos locos.

Binnos, el herrero de Kato Zacro, cuya gruesa barba blanca y profundas arrugas en las sienes avejentaban en gran medida su aspecto, intervino entonces:

–Más pronto o más tarde saldremos de dudas. Nos necesitan para la realización de una importante tarea –dijo–. De lo contrario, no se habrían tomado tantas molestias para nada, de modo que no creo que se demore por mucho más tiempo esta espera.

En ese momento, llegó el centinela con la comida y un odre de agua fresca. Lo acompañaba otro hombre de aspecto altivo y autoritario, corpulento y bien armado. Los cretenses se pusieron en pie. Entonces, el vigilante abrió la celda y, a continuación, desenvainó su espada dispuesto a frustrar cualquier intento de fuga por parte de alguno de los prisioneros. El hombre que le precedía se abrió paso entre los guardianes de su escolta y, situándose de frente a los cretenses, les dijo así:

–Pronto sabréis cuál será vuestra única misión, el motivo por el que estáis aquí –anunció con tono brusco y grave. A la luz de la antorcha, la horrible cicatriz que le cruzaba la cara sobresaltó a los prisioneros–. Es inútil que tratéis de huir; os encontráis en un enjambre de laberintos sin escapatoria. Si os perdierais, todos los pasadizos y las posibles salidas os conducirían a nuevos laberintos. No podríais salir ni ser encontrados, y, por lo tanto, moriríais de hambre y sed. Sois inteligentes, dado que el propio dios Hefesto os ha concedido el sagrado don de ejercer las artes de la metalurgia. Aprovechad vuestra sabiduría para la misión que pronto se os asignará, y os aseguro que no os arrepentiréis.

Sin embargo, la respuesta de Temikos no se hizo esperar. Enfadado e iracundo, rompió su silencio delante del carcelero:

–¿Quiénes sois vosotros? –le increpó con tono áspero y desafiante– ¿Dorios, tal vez, celosos de la prosperidad de los cretenses? ¿Queréis que luchemos contra nuestro propio pueblo fabricando vuestro armamento militar? ¿O bien debo pensar que tan solo se trata de un hatajo de piratas que se han quedado sin galeras con las que seguir saqueando en alta mar y no tienen nada mejor que hacer? ¡Por mil tritones, prometo que pagaréis muy caro lo que habéis hecho! La flota del rey Minos estará barriendo en este momento todas las islas y no parará hasta que dé con vuestras naves.

El carcelero rio, jactándose de la inocente bravura del cretense. Luego, con voz suave y serena, respondió a Temikos en los siguientes términos:

–Guarda tus preguntas para cuando debas formulárselas a tu nuevo señor, porque a partir de ahora eres un siervo más a su servicio.

–¡Soy yo quien decide a quién obedecer! ¡Yo no tengo amo como tú! Soy un artesano libre y mi vida me la dirijo yo mismo –se le encaró así, desafiando cualquier temor ante sus amenazas.

–A propósito, cretense –le replicó con aire socarrón, aguantando la mirada enfurecida de Temikos–, te convendría ser más cauto... No arriesgues innecesariamente tu vida con arrebatos de este tipo; tal vez podrías dejar de sernos útil antes de tiempo.

Asterio, Binnos y Raukos disuadieron a Temikos para que no siguiera provocándolo. El valor no le serviría de mucho si su actitud rebelde continuaba por ese camino.

Instantes después de que el fenicio abandonara la celda, el carcelero apoyó por el suelo las cuatro raciones de comida y el agua que había traído. Luego cerró la cancela, y la escolta se adentró otra vez por el mismo corredor por el que había llegado, hasta que sus pasos dejaron de oírse.

Temikos, asido a los gruesos barrotes, trató de arrancarlos tirando de ellos con toda su rabia, si bien sabía de antemano que era una estupidez hacerlo: eran macizos, fabricados con el mejor bronce que había visto en su vida.

Durante los catorce días que precedieron a aquella entrevista, tuvieron que soportar su reclusión forzada y no fueron visitados más que por los centinelas cuando llegaba la hora de servir las comidas.

Llegado el decimoquinto día, Binnos oyó los pasos de una escolta que se aproximaba. Habían comido hacía poco, y, por lo tanto, no podía tratarse de la llegada de más alimentos. Temikos, Raukos, Binnos y Asterio se alzaron, esperando y temiendo a un mismo tiempo un acontecimiento distinto. En breve saldrían de dudas; los pasos se oían cada vez más cerca, y, poco después, los miembros de la escolta se hicieron presentes delante de la mazmorra.

Pirantros, el fenicio, e Istrión, el chipriota, encabezaban la misión y mostraban sus cuerpos extremadamente sudorosos.

—¡Abrid la puerta! —ordenó Pirantros a los guardianes—. Llevamos a los prisioneros a la Gran Forja. Istrión y yo los acompañaremos ante la presencia de su asistente sagrado. Nos escoltaréis hasta la entrada del túnel de acceso.

—Sí, señor —respondieron los hombres de menor rango a la vez que el guardián abría la cancela enrejada.

Los cretenses abandonaron la celda y siguieron a sus carceleros a lo largo de interminables túneles, todos ellos muy húmedos e iluminados con antorchas a intervalos regulares. Al llegar al final de la última galería, Pirantros e Istrión dieron orden a la escolta de retirarse. Luego, el fenicio, delante de una gran puerta de madera, deslizó hacia la derecha la gruesa traviesa realizando un enorme esfuerzo. Abrió un pequeño portón y obligó a los cretenses a cruzarlo.

–Ha llegado el momento que tanto ansiabais –les informó así.

Al otro lado había una caverna vacía de paredes agrestes, en cuyo interior reinaba un calor húmedo e insoportable.

Pirantros se acercó a una oquedad abierta en el suelo, en donde se encontraban depositadas unas piedras incandescentes; tomó un puñado de hierbas secas que sacó de una pequeña bolsa de cuero y las arrojó a las piedras. De inmediato las hierbas ardieron desprendiendo un embriagador aroma dulzón muy intenso.

–Seguid el camino hasta llegar a su final. –El fenicio les indicó un sendero estrecho que moría en el extremo opuesto de la caverna–. Pronto conoceréis cuál es vuestra misión. Más tarde os llevaré de regreso a la mazmorra, y, os lo advierto una vez más, es inútil que tratéis de escapar.

Los cretenses obedecieron y recorrieron el tramo indicado aspirando por el camino la humareda perfumada con las hierbas. Pirantros e Istrión se retiraron, y tras ellos el portón se volvió a cerrar produciendo un crujido ronco, seco y profundo.

El final de aquel corredor conducía a uno de los lugares más extraños y enigmáticos que ninguno de los cretenses hubiera sospechado llegar a conocer.

Se trataba de una caverna de proporciones grandiosas, majestuosa e infernal al mismo tiempo, en donde se hallaba la mayor forja jamás soñada por ninguno de ellos. A su izquierda, había un enorme arsenal de metal entre el cual era fácil reconocer cientos de lingotes de cobre y estaño, espadas, cascos, dagas, escudos, lanzas, así como herramientas de labor, calderos y demás objetos de bronce. Numerosos hombres se encontraban arrojando todo aquel material dentro de un enorme crisol de piedra. El metal se fundía rápidamente; no en vano, el calor provenía de la propia roca volcánica que arrojaba lava líquida debajo de él. Una vez fundido, el metal se decantaba en unos moldes planos que tenían la típica forma de piel de buey de los moldes fenicios. Luego, lo enfriaban, introduciéndolo en unas grandes bañeras rellenas de agua. Los lingotes, ya fríos y listos para su posterior uso, se apilaban delante de los cretenses como si se tratase de una gran montaña de pieles metálicas.

Semejante forja tenía fascinados a los cuatro cretenses en modo tal que no sintieron llegar a un hombre alto y muy delgado, de facciones afiladas y ojos pequeños, ataviado con todos los atributos de un sacerdote –faldellín en punta, brazaletes en los antebrazos, collar de serpiente forjado en bronce y cabeza afeitada.

–Bienvenidos al mundo subterráneo de vuestro nuevo «señor» –les saludó así, a la vez que esbozaba una complaciente sonrisa–. Mi nombre es Epiménedes y soy el sacerdote del divino Glauco. Por vuestros gestos de fascinación, presumo que la fragua os ha impresionado profundamente –declaró mientras giraba en torno a

69

ellos sin dejar de escrutarlos con su penetrante mirada. Luego se detuvo para proseguir diciendo–: ...Sin duda, vosotros, que sois maestros artesanos del metal, nunca habríais imaginado que seríais llamados a trabajar para un hijo de dioses. No obstante, siendo herreros y orfebres, bien sabéis que tanto Hefesto, dios del Fuego, como Cotacarsis, dios de los artesanos, habitan lugares subterráneos como estos, debajo incluso de las fuentes y de las grutas más profundas de la tierra. Pero... no será para ellos para quien trabajéis –agregó, negando con suaves golpes de cabeza–, aunque esta os haya parecido la fragua del propio Hefesto. Estaréis al servicio de un hijo de reyes y también de dioses: Glauco.

–¿Glauco? ¿Y quién es Glauco y de quién dices que es hijo? –lo interrumpió Asterio, harto de ser atemorizado por aquel ser desconocido.

–¡Por el tridente del propio Poseidón! –vociferó el sacerdote–. ¿Ignoráis acaso quién es Glauco? No saber de quién se trata es casi como desconocer que el dios Hefesto es quien alimenta el fuego de los volcanes.

–El único Glauco hijo de divinos reyes ya no existe –replicó Temikos–. El hijo menor del rey Minos murió hace muchos años ahogado en una gran tinaja de miel. Fue enterrado y llorado por su pueblo. Se sacrificaron bueyes en su honor y los funerales se celebraron en el Patio de Ceremonias del palacio de Cnosos. Yo mismo, como orfebre real, asistí personalmente a los actos y vi su cuerpo sin vida antes de cerrar el sarcófago.

El sacerdote dirigió su mirada a Temikos y luego rompió a reír con estrépito.

—¡Oh, cuánta ignorancia! ¿Dices que Glauco murió y que viste su cuerpo? —repitió así, con cierto aire sarcástico y al mismo tiempo desafiante—. ¿Eso creéis todos vosotros...? ¿Tú también...? —le preguntó a Temikos, quien se negó responder—. ¿Y tú...? —continuó con su interrogatorio, preguntando primero a Binnos y luego a Asterio—. Tal vez estéis en lo cierto, pero no seré yo quien os saque de dudas ni os aclare nada al respecto. Al fin y al cabo, no es mi cometido informaros de ello. Será vuestro «señor» quien lo haga cuando os lleve ante su presencia. Hubiera sido más sencillo si hubieseis conocido la verdad que el rey Minos parece que ocultó a su querido pueblo.

A continuación, echó una ojeada a los trabajos que se estaban desarrollando en la forja y luego les dijo:

—¿Veis a todos esos hombres trabajando? Ellos ignoraban también quién era Glauco. Muchos son orfebres y herreros como vosotros, y todos han terminado trabajando para él sin excepción alguna. Y, si os fijáis bien, no veréis a ninguno a disgusto, o encadenado, o sufriendo los golpes de un látigo sobre su espalda... Cada uno acomete su trabajo con entusiasmo y dedicación, concentrado en sus tareas. ¡Es un gran honor trabajar para Glauco! ¡Deberíais dar gracias a Zeus y a la diosa Madre! ¡Vuestro destino será glorioso! Permitiréis cambiar el rumbo de la historia; se os recordará en las crónicas reales de Micenas, Babilonia, Tebas, Avaris y Biblos, y, desde allí, incluso hasta en los lejanos mares de Occidente.

El sacerdote se mostraba plenamente convencido del envidiable proyecto en el que todos participarían, pero fue bien cierto que ninguno de los prisioneros se sumó a su entusiasmo. Sin embargo, él no se contrarió por ello. Su carácter parecía el de un hombre de convicciones muy firmes, indomable, seguro de sí mismo y poco dado a dejarse influir por nada ni por nadie. Ignorando la falta de interés de sus cautivos por sus proyectos de futuro, pasó a hacerlos algunas declaraciones personales.

–Ni qué decir tiene que, si desconocéis la leyenda de Glauco, ignoraréis por tanto mis poderes y mi reputación como mago y adivino –les dijo con aire arrogante–. Sabed que soy hijo de una ninfa, Blasta, y de un humano, Dosiades –les explicó–. Mi madre me transmitió sus peculiares virtudes como ninfa, me formó y me alimentó... Soy capaz de viajar más rápido que una flecha lanzada por el propio Apolo; puedo desviar los vientos desfavorables –dijo alzando los brazos y provocando una corriente helada en torno a los cretenses–, alejar las pestes, ver el pasado y el futuro, y solo la fuerza de mi mente me da fuerzas para ejecutar todo ello. Fui puesto al servicio del mismo Glauco por otro gran mago, si bien es inútil que os diga de quién se trata; compruebo que vuestros conocimientos en las artes de adivinación son más bien escasos... por no decir nulos. ¡Y bien! –exclamó con tono concluyente–. Si de todo ello no entendéis nada, sería más interesante poner a prueba vuestros conocimientos en las artes del metal, ¿no os parece? ¡Venid conmigo!

Les hizo ademán de acompañarlos a otra estancia. Epiménedes empujó la puerta que había dejado previamente entreabierta, y los cretenses cruzaron el umbral seguidos del sacerdote. Luego la cerró al son del chirriar de la madera crujiente, hinchada por la humedad y el calor.

Habían llegado a la llamada Sala de los Escudos, morada de Glauco.

Una inmensa cortina de lino blanco estaba echada justo delante de ellos. Se alzaba unos cinco o seis palmos por encima de sus cabezas, lo que les impidió hacerse una idea del tamaño real de aquella caverna gigantesca, refulgente del brillo de las antorchas sobre los escudos de bronde que la forraban.

Epiménedes se dirigió hacia la cortina e informó, de viva voz, de la presencia de los orfebres y herreros minoicos. Entonces, el suelo comenzó a retumbar bajo los pies de los cautivos; parecían pisadas, enormes pisadas que recorrían la gruta y se acercaban hasta donde ellos se encontraban. Los cretenses contuvieron la respiración.

De pronto, un ronco carraspeo de garganta se oyó claro y fuerte al otro lado de la cortina; su eco retumbó sobre las cabezas de todos, pero la tela de lino les impidió ver quién estaba detrás de ella.

–¿Son ellos de verdad, Epiménedes? –preguntó la voz, aclarándose con varios golpes de tos.

–Finalmente son ellos, mi señor –confirmó el mago con voz pausada al inclinarse con una leve reverencia delante la cortina–. Esta vez los oráculos se han cumplido y mis vaticinios han sido certeros, ¿no creéis?

–¡Oh, sí! Ni la propia Melampa hubiera sido tan precisa como tú, mi fiel Epiménedes.

El mago hizo una mueca de reproche ante semejante comparación, que obviamente consideró, más que un halago, una vulgar ofensa, pero sabía que Glauco siempre había creído en los procesos adivinatorios de aquella mujer con absoluta veneración. Glauco no llegó a ver su gesto de desaprobación, pues quedó velado por la tela de lino que se interponía entre ellos.

–Quiero verlos –pidió Glauco, ansioso–. Descorre la cortina, Epiménedes. Ya estoy preparado.

–¿Preparado... para qué? –le susurró Temikos al mago sin comprender.

–Para «veros»...

En efecto, la respuesta de Epiménedes era correcta. «Para veros», pero no para «verlo». La voz de Glauco era clara, aguda y, a veces, extrañamente musical. Era difícil describir su sonido, pero más difícil fue definir su cuerpo, su rostro, sus brazos... Cientos de escudos. de diferentes formas y tamaños, cubrían las paredes de la cueva y formaban un sinfín de juegos de imágenes que reflejaban otras imágenes, y que, a su vez, deformaban las figuras reflejadas.

Estaba claro que Glauco no deseaba ser visto, sino más bien adivinado, intuido, imaginado...

Cada uno de los cretenses creyó ver algo diferente en cada escudo: unos brazos fuertes, algunas veces enormes, otras, diminutos; un torso cubierto de escamas azuladas o verdosas, ¿o posiblemente se trataba de un juego de luces, o del reflejo de un pez sobre un torso velludo? Un ojo, o, tal vez, incluso tres, o seis, o un rostro sin ellos. Una pata con tres uñas... semejante a la de un lagarto. Un codo con aletas, ¿o tal vez fue una rodilla, o solo una aleta de grandes dimensiones, parecida a la de un tiburón?

¿Quién era aquel extraño ser? ¿Cómo era en realidad?

¿Era bajo o muy alto? ¿O posiblemente el efecto de los reflejos sobre el techo de la caverna lo hacía ver más grande de lo que en realidad era?

Glauco era más bien un complicado juego de azar, un rompecabezas de difícil ejecución. El temor inicial que los cretenses sintieron se disipó de golpe ante el esfuerzo mental que tuvieron que hacer por construir el cuerpo de su nuevo señor, sobre todo porque Glauco no sabía, no podía o no quería estarse quieto ni un solo momento con el fin de impedir a los cretenses forjarse una imagen clara de sí mismo.

—Me consta que ya os han informado de que, a partir de ahora, trabajaréis para mí —se dirigió a ellos con voz clara y potente—. Es a mí a quien serviréis, y es de vosotros, los más brillantes herreros y orfebres cretenses, de quien espero el mejor trabajo de vuestras vidas.

Temikos, Binnos, Raukos y Asterio escucharon con atención sus palabras, mientras los fragmentos inconexos de Glauco continuaban bailando por todas partes y su cuerpo seguía sin definirse en ningún escudo.

—Tenéis a vuestra disposición la mejor forja de cuantas hubierais podido imaginar —continuó diciendo—. Ayudantes, herreros y orfebres, también llegados de otros puntos de los mares controlados por mí, trabajarán a vuestras órdenes. Pero, a vosotros, los oráculos os han señalado como los hacedores de una misión especial...

Temikos terminó por perder de nuevo la paciencia ante tanto prolegómeno que juzgó estúpido e inútil, y no se lo pensó dos veces cuando osó interrumpir las palabras de Glauco.

—Ya hemos visto tu forja, Glauco —le habló con gran arrojo—. No cabe la menor duda de que no existe otra igual. En ella trabajan muchos hombres para fundir centenares de piezas de metal y transformarlas en lingotes, pero no sabemos qué es lo que deseas de simples mortales como somos. Dinos, de una vez por todas, ¿qué quieres de nosotros? ¿Qué te falta que por tus propios medios no puedas conseguir?

–Di mejor «qué es lo que perdí» –le corrigió Glauco con cierto tono entristecido, enmudeciendo durante unos instantes. Un segundo más tarde, retomó la palabra y le formuló una extraña pregunta–. Sabes, cretense, a mí me gustan tanto las adivinanzas que la vida de mis siervos depende en gran medida de su resolución. Dado que has sido el primero en interrumpirme, y por ello compruebo que además eres un hombre valiente, ¿sabrías decirme qué es aquello que cuanto más grande se hace, menos se ve?

Temikos quedó sobrecogido ante tal juego mortal. Los ritos iniciáticos que los herreros y orfebres debían superar para ejercer la metalurgia siempre se habían saldado con la inhabilitación de aquellos que no eran capaces de superar dichas pruebas, pero ¡no con la muerte de aquel que no lo conseguía! Hizo un esfuerzo por serenarse, por vencer el miedo a una posible respuesta errónea, y, cuando creyó haber adivinado el acertijo, le contestó con el mismo valor con el que había osado interrumpirlo.

–La oscuridad –enfatizó con seguridad su respuesta.

Glauco se echó a reír a grandes carcajadas, haciendo vibrar su voz de un escudo a otro y sembrando así el pánico entre los cretenses.

–¡Oh, sí! ¡Has acertado! ¡No creí que fueras tan rápido! –exclamó Glauco, satisfecho–. Me ha complacido tu valor y también tu inteligencia, ¡he de confesarlo!, lúcida y serena como esperaba de ti. Y puesto que has adivinado la respuesta, no solo he decidido perdonarte la vida evitando que mueras dentro de los laberintos, sino que deseo que seas tú quien a partir de ahora dirijas la Gran Forja.

Al oír aquello, Epiménedes enrojeció de cólera, apretando con fuerza los labios y clavando su penetrante mirada en el cretense, si bien fingió aceptar la decisión con absoluta sumisión.

Temikos comprendió entonces que el desacuerdo del mago podría ser un arma de doble filo y presintió que una posible vía de liberación radicaba en aprovecharlo. Así pues, necesitaba conocer cuanto antes los puntos débiles de ambos, especialmente los de Glauco, y aquel era sin duda uno de ellos.

De este modo, haciendo nuevamente gala de su valeroso temperamento, pasó de ser preguntado a ser el encargado de realizar las preguntas.

–Me honra semejante decisión –se complació así el orfebre al retomar la conversación–, pero ¿puedo saber cuál es esa misión tan importante de la que todos tus súbditos hablan y que tan generosamente los oráculos de Epiménedes nos han adjudicado como si se tratase de un premio divino? Hemos comprobado que tienes previsto hacer uso de una gran cantidad de bronce. Almacenas montañas de lingotes de cobre y estaño como si fuesen granos de trigo, si bien no hemos visto moldes de fundición o refundición de material bélico por ninguna parte. ¿Acaso nos reservas el honor de diseñar el armamento para tu nuevo ejército de secuaces?

Binnos y Raukos, sobrecogidos ante el arrojo de su amigo, le hicieron seña de no retar al destino por segunda vez.

Temikos, sereno, les susurró lo siguiente:

–Se teme lo que se desconoce. Si Glauco se oculta de este modo tan extraño, es porque desea inspirar un miedo mayor del que en realidad estaría en condiciones de infundir... Para mí que este juego de reflejos no es otra cosa que una adivinanza más, que antes o después descubriremos.

Glauco volvió a dirigirse a Temikos y le respondió de nuevo con tono conciliador.

–¡Oh, me gusta tu bravura, cretense! !Me gusta más que mil adivinanzas sin resolver! ¿No te parece, Epiménedes? –Después de decir esto, el suelo volvió a temblar y los reflejos se multiplicaron por cientos. Glauco había realizado un brusco giro sobre sí mismo–. Tienes razón –dijo entonces–. Aún no hay moldes para fundir todo ese metal porque os corresponderá a vosotros su elaboración, diseño y ejecución.

–¿Y qué tendremos que hacer? ¿Escudos, espadas, dagas, cascos...? ¿Qué se te antoja? ¿Todo el armamento de un ejército para desestabilizar la paz del rey Minos? – conjeturó Temikos.

–No son desacertadas tus propuestas –observó Glauco–. Más bien diría que algo imprecisas... eso sí. Pero el caso es que no necesito armar ningún ejército, ni siquiera a cien soldados, ni tampoco a cincuenta, ni a veinte. Ni siquiera a diez. Tan solo me hace falta... uno.

Los cretenses quedaron un tanto sorprendidos.

–¿Una armadura para un único soldado? –volvió a intervenir Temikos–. Si se trata de una nueva adivinanza, Glauco, ésta también creo haberla acertado, porque, o mucho me equivoco, o estoy convencido de que eres tú ese soldado.

Glauco rio complacido.

–¡Oh! ¡No esperaba menos de ti, Temikos! –aprobó Glauco, soltando una nueva carcajada–. Pero no creas que podrás desvelar tan fácilmente todos los secretos que tus ojos y tu memoria estén en condiciones de ver y conservar en la mente. Tienes razón: en efecto, soy yo quien necesita esa armadura.

–No entiendo entonces cómo será posible hacer la armadura de un soldado cuyas medidas se desconocen –replicó Raukos con voz amable, sumándose al valor de Temikos–, ya que, si nos ocultas tu cuerpo de este modo, poco podremos hacer por satisfacerte.

–Bien sencillo –respondió Glauco–. Cada uno de vosotros hará una parte de dicha armadura, trabajando por separado, en horarios distintos, en forjas distintas... Pero a Temikos le corresponderá la parte más importante.

–¡Esto es absurdo! –protestó el orfebre–. Quieres que construyamos sin conocer las medidas de tu cuerpo y que trabajemos independientemente. ¿Me puedes explicar de qué modo, cuándo y dónde coordinaremos un trabajo semejante?

–En la propia forja.

–Pero ¿cómo? –requirió Temikos.

–Ya te he dicho, cretense, que no te será tan sencillo resolver todos los interrogantes que a partir de ahora te asalten... Y ahora, estoy cansado y hambriento. No soporto por más tiempo seguir adelante con esta conversación –dijo con tono concluyente, hosco y malhumorado–. ¡Epiménedes! ¡Llévatelos de vuelta a su celda!

–¡Pero, Glauco! –insistió Temikos–. ¡Quedan aún muchos detalles por resolver! Todavía no nos has dicho cuál es el objeto de todo ello, ni por qué necesitas de nosotros siendo tú como eres hijo de dioses. En estas condiciones será imposible trabajar...

Sin embargo, Glauco no pudo escuchar sus quejas ni sus dudas. Para entonces, ya había abandonado la Sala de los Escudos.

Las mil imágenes de su cuerpo fragmentado, falseado y deformado por los reflejos, desaparecieron de golpe y porrazo. Solo el brillo de las superficies pulidas del bronce quedó reflejado sobre sí mismo. Acto seguido, Epiménedes abandonó también la sala, llevándose a los cretenses de vuelta a su mazmorra.

5
De vuelta al cabo Stomión

Habían pasado varias semanas desde que se produjo el robo en el palacio de Cnosos y el rapto de los orfebres y herreros cretenses. Las aguas se habían calmado, y habían amainado los furibundos vientos desatados en el intento de hallar a los culpables.

Mientras tanto, Héctor se había convertido en toda una celebridad en la acomodada ciudad de Akrotiri, a tal punto que era reconocido y señalado por todos en plena calle. La noticia había volado como un viento huracanado; él y Glamia habían sido los únicos testigos del hecho.

Sin embargo, también habían corrido los rumores sobre la extraña visión de luces bajo las aguas del cabo Stomión...

–Te repito, Axos, que el muchacho vio a uno de los hijos de Poseidón, ¡tal vez a Tritón! –le decía Atimos en casa del padre de Héctor mientras ambos terminaban de acordar el intercambio de una partida de aceitunas por otra de algodón–. ¡No se me ocurre otra explicación! ¡Y tuvo hasta mucha suerte si no se encontró también alguna sirena volando sobre los escollos del cabo! De haber sido así, ten por seguro que Héctor habría desaparecido para siempre. Ya sabes lo que se dice de ellas... Raptan a los marineros que encuentran en el mar y se los llevan hasta su morada para allí devorarlos.

Axos sacudió la cabeza haciendo ademán de no dar demasiado crédito a todas aquellas fantásticas leyendas y habladurías que se contaban en torno a las sirenas avistadas en el peligroso cabo terano.

–Ciertamente, es extraño que no aparezcan los cuerpos de los marineros cuyas embarcaciones han naufragado cerca de nuestras costas... –replicó así delante del comerciante–. Siempre lo hemos comentado. Pero, si te soy sincero, Atimos, creo que mi hijo tuvo demasiado miedo como para confesar la verdad. Él, al igual que todos nosotros, ha escuchado las mismas historias que se cuentan de puerto en puerto.

Axos se levantó y acompañó al comerciante a la salida, cruzando una habitación decorada con bellos frescos pintados. En ese momento, Héctor descendía del piso superior y cruzó la estancia, yendo al encuentro de su padre.

–Sea como fuere –prosiguió hablando el comerciante–, debéis agradecer a la diosa Madre que tantos acontecimientos desfavorables se hayan concluido con éxito.

–Sin duda –respondió Axos, estrechando a Héctor con cariño.

Atimos se despidió, y Axos y Héctor lo acompañaron hasta la salida. Pero, poco después, llamaron de nuevo a la puerta.

–No creo que haya olvidado nada más que decirme –se dijo Axos, frunciendo el entrecejo–. Ábrele, Héctor, por favor. Veremos qué es lo que quiere.

–Sí, padre.

Héctor se dirigió a la entrada y abrió el portón de madera. Pero, curiosamente, no se trataba del comerciante, sino de una sorpresa para el propio Héctor.

–¡Lyktos! ¿Qué te trae por aquí? ¿Deseas hablar con mi padre?

–No, Héctor. Con quien he venido a hablar es contigo. ¿Puedes acompañarme hasta el puerto y ayudarme a descargar la miel y los quesos? De camino, te contaré...

–¡Pero, Héctor! ¿Qué ocurre? –gritó Axos desde lo alto de la escalera, extrañado por la tardanza.

–¡Es Lyktos quien ha llamado, padre! –respondió a gritos desde la misma puerta–. Si no me necesitas, desearía acompañarlo hasta el puerto.

–De acuerdo –consintió así.

Lyktos y Héctor se encaminaron por la calle principal y descendieron por el barrio alto de Akrotiri.

Los edificios de varias plantas sombreaban la vía empedrada. Una brisa húmeda y caliente, procedente del sur, remontaba las callejuelas y arrastraba el olor a pescado asado, pan de centeno y verduras que se escapaba por patios y cocinas.

Aquella era una mañana demasiado silenciosa. Desde el amanecer, apenas se había escuchado el canto de algún pájaro, y las gaviotas del puerto se habían adentrado en alta mar, alejándose de la costa.

Lyktos y el muchacho llegaron al puerto al cabo de un rato. Había algunas galeras fondeadas y la mayor parte de las *kymbas* se encontraban faenando a poca distancia de allí.

−¿Por qué no has vuelto a visitarme? −le preguntó entonces el pastor, antes de adentrarse en el muelle en donde había congregados numerosos comerciantes y algunos transeúntes.

Héctor desvió la vista hacia el mar, esquivando su mirada. Con un tono molesto, le respondió:

−Porque nadie me cree. ¡Ni siquiera tú!

−¿Crees de veras que yo tampoco? −le preguntó entristecido.

−Sí −sentenció−. Piensas que inventé toda la historia, como todos los demás. Crees que vi un tiburón gigante o tal vez una ballena, ¡o al propio Poseidón, por qué no! ¡O tal vez a sus tritones marinos! Además, ni siquiera escuchaste mi versión cuando deseé explicártela, y has tenido que enterarte por boca de aquellos chismosos que terminan inventándose y tergiversando la mitad de lo que oyen.

−¡Oh! Te equivocas, Héctor −le rebatió así−. Estoy convencido de tu versión. No sé qué pudiste ver bajo las aguas del cabo Stomión, pero te aseguro que no inventaste ninguna historia.

−Tengo que volver y demostrar a todos que digo la verdad −se dijo Héctor en voz alta, apretando los labios con rabia−. De lo contrario, me convertiré en el hazmerreír de toda la isla. No solo está en juego mi propia reputación, sino también la de mi padre, la de mi familia... ¡Ya sabes cómo se toman las cosas en esta ciudad! Esta misma tarde iré al cabo a buscar las pruebas que necesito...

En ese instante, al pastor le dio un vuelco el corazón.

−¿Es que te has vuelto loco? ¡No volverás allí por nada del mundo! ¿Me has oído bien? Corres un gran riesgo, y tú lo sabes. Un acto de bravuconería como ese solo nos traerá disgustos a todos...

–¿Cómo es posible que no hayas entendido nada? ¡No se trata de eso! Se trata de mi honor, y eso, Lyktos, no es un acto de bravuconería. ¿Te has fijado en cómo me miran todos desde que hemos entrado en el puerto?

Pero la única preocupación de Lyktos era disuadirlo a toda costa para que no volviera allí. El oráculo que sus siete piedras habían arrojado sobre el Disco del Destino preveía pésimos augurios si Héctor decidía retar nuevamente a su suerte, y eso lo sabía de sobra.

Lyktos extendió una manta sobre el suelo y se aprestó a colocar su miel y sus quesos para la venta, mientras Héctor terminaba de vaciar las alforjas del asno. De pronto, ambos sintieron un pequeño balanceo bajo sus pies. Luego, el temblor comenzó a aumentar y la gente a ponerse nerviosa, mirándose unos a otros en silencio. Más tarde, el suelo del puerto acusó la sacudida y también los inmuebles de la ciudad. Se oyeron algunos gritos, y muchas personas salieron de sus casas para reunirse en medio de la calle.

Instantes después, volvió a la calma. Durante unos segundos, ninguno de los allí reunidos osó abrir la boca a la espera, quizá, de un mal mayor: otra sacudida más violenta.

–Ha sido solo un pequeño terremoto. No hay nada que temer –dijo Héctor entonces, restándole importancia al hecho y recogiendo los tarros de miel que se habían volcado.

–Algún día se cumplirá la profecía sobre nuestra isla y su terrible final... –declaró un comerciante de telas que tenía a su derecha.

–¡No existen semejantes profecías! Son solo habladurías sin fundamento –discrepó Héctor, mientras terminaba de ordenar los tarros de miel y los quesos sobre la
manta de vivos colores.

–Tampoco existen luces que recorran los océanos y, sin
embargo tú dices haberlas visto...

–¡Por supuesto que las he visto! –le replicó Héctor, en-
fureciéndose–. Y, es más, os demostraré a todos que no
miento.

Y diciendo esto, se despidió allí mismo de Lyktos.

–Pero ¿adónde crees que vas? –lo retuvo el pastor,
asiéndole por un brazo.

–Traeré las pruebas que me liberarán de esta ridícula
fama. ¡Nadie volverá a señalarme por las calles! ¡Nadie! Te
lo prometo, Lyktos, por la propia diosa Madre que me ha
salvado la vida ya una vez. –Lyktos quedó clavado en medio del muelle sin poder evitar su repentina marcha. Lo vio
adentrarse entre el tumulto y luego alejarse hacia la ciudad,
hasta que desapareció entre las calles más altas del puerto.

Desde la loma de la colina cercana a los riscos de Stomión,
Héctor se dispuso a localizar el punto exacto en donde
aquella noche vio las extrañas luces. Se sentía firmemente
decidido a resolver el enigma que estaba arruinando su
reputación, y no quiso esperar ni un día más.

La luz del atardecer sobre un cielo despejado bastó para
orientarlo sin problemas. Reconoció sin vacilar el lugar del
avistamiento. Lo tenía justo a su derecha, en un tramo de
la costa en donde docenas de gaviotas sobrevolaban los
acantilados verticales que se hundían a pico bajo el mar.

Héctor descendió la colina hasta llegar a la playa. Desde allí se adentró en el agua. Nadó despacio, ahorrando todas las energías posibles. El rompiente era profundo y muy agreste, pero recordaba que la gruta no quedaba muy lejos de aquella playa solitaria. Tomó una buena bocanada de aire y comenzó su inmersión en busca de las pruebas prometidas.

Localizó el barco hundido con su carga de ánforas desparramadas por la ladera; pudo reconocer los bancos de esponjas gigantes y, más adelante, encontró la entrada de la gruta subterránea. Héctor sintió que la temperatura del agua había aumentado mucho desde la última vez. Optó por ser precavido, pero, cuando se disponía a alejarse, no pudo evitar que la corriente de agua lo arrastrase de nuevo hasta la caverna, allí donde precisamente no deseaba ser conducido. Esta vez, el río submarino tenía mucha más fuerza, y, dado que sabía lo que le ocurriría, nadó ayudando a que la corriente lo adentrara cuanto antes en la gruta.

En pocos instantes se encontró de nuevo dentro de la cueva, iluminada aún por aquellos extraños y bellos reflejos acuáticos. Quiso concederse un momento para descansar cuando, de pronto, oyó un rumor extraño, una especie de golpe seco y, más tarde, voces. Parecían proceder del otro lado de la cueva, más hacia su interior, siguiendo la corriente subterránea que se adentraba por otro cauce marino; una densa melena de gruesas algas señalaba su curso. Aferrándose a las rocas, logró acceder al otro lado de la caverna, envuelto en un agua extremadamente caliente. Lo que descubrió al otro lado fue una increíble sorpresa.

Se trataba de la entrada a una galería de enormes dimensiones con un pequeño embarcadero en donde se encontraban amarradas algunas *kymbas*, seis en total, aunque no se veía ningún acceso al exterior por donde hubieran podido entrar o salir. Nadó con extrema precaución hasta llegar y luego salió del agua con ánimo de inspeccionar la galería. Oyó de nuevo las voces. Muchas al mismo tiempo. Pudo reconocer, incluso, los gritos de algunos hombres que reclamaban comida. Empujado por la curiosidad, se encaminó hacia la única dirección de la cual procedían las quejas, hasta que encontró una celda con numerosos prisioneros dentro: hombres sudorosos, corpulentos, que mostraban claros signos de indignación y también de fatiga. Al ver al muchacho, se abalanzaron sobre los gruesos barrotes, atónitos ante la presencia del joven.

Héctor, al otro lado de la celda, enmudeció, conteniendo por unos instantes la respiración.

–¡Eh, muchacho! ¿Cómo has llegado hasta aquí? –le preguntó con ansiedad uno de ellos–. ¡Por la diosa Madre! ¡Ve en busca de ayuda!

Héctor miró con extrañeza a los prisioneros y, en un principio, no supo qué pensar.

–¿Quiénes sois vosotros? ¿Piratas? –Las dudas de Héctor en aquellos tiempos eran del todo fundadas.

–¿Piratas...? ¿Nosotros piratas? –protestó con indignación el hombre–. Somos herreros y orfebres de Mallia y Matala, del sur de Creta, capturados hace meses por un extraño grupo de extranjeros. ¿Y tú, muchacho? ¿Cómo has llegado hasta aquí? ¿Sabes dónde nos encontramos?

El hombre interrumpió de golpe su interrogatorio y aguzó el oído; se acercaba una patrulla de control por el corredor. La luz vacilante de las antorchas al fondo del túnel se hacía cada vez más visible.

–¡Rápido, muchacho! ¡Escapa! ¡Escapa antes de que lleguen y pide ayuda! –lo apremió.

–¡No os preocupéis! ¡Volveré muy pronto! –les respondió, ofreciéndoles así una esperanza que de inmediato se materializó en los rostros ilusionados de los prisioneros.

Héctor dio media vuelta y regresó sobre sus pasos sin perder de vista la escolta. Continuó retrocediendo poco a poco al amparo de la oscuridad que lo protegía, hasta que encontró otra galería a su derecha que no había visto antes. Allí descubrió otra celda y nuevos cautivos.

Héctor se hizo presente ante ellos y, llamando su atención, les susurró así:

–¡*Ehhh*! ¿También vosotros sois prisioneros?

La imagen de Héctor, joven y fresca, fue el mejor augurio que habrían podido imaginar.

–He encontrado más hombres cerca de aquí –les dijo–. ¿Por qué os retienen en estas condiciones? ¿Qué mal habéis hecho? ¿Quiénes son vuestros carceleros?

Sin mediar respuesta, uno de los hombres se abalanzó sobre Héctor y trató de arrebatarle entre los barrotes la daga que llevaba a la cintura.

Héctor reaccionó con rapidez y retrocedió asustado y muy confuso. Por un instante, creyó confirmadas sus primeras sospechas de que aquellos hombres debían ser piratas, tal vez los mismos capturados por la flota del propio rey Minos y encerrados en esas húmedas mazmorras. En boca de todos estaba la obsesión del rey por hacerlos desaparecer de una vez por todas de sus mares.

–¿De dónde has sacado esa daga? –interpeló uno de los cautivos alzando la voz con la vista clavada en el arma.

–¡Es mía! –replicó Héctor, aferrándose a ella–. Me la ha regalado mi padre, ¡y no sé qué puede interesarte eso a ti!

–¡Fíjate bien en la empuñadura! ¡¡Es la daga que fabricamos para el muchacho!! –le explicó un cautivo a otro. Alzó y la vista y dijo–: ¡Tú eres, por tanto, Héctor, el hijo de Axos, el mercader terano! –concluyó uno de ellos con gesto ilusionado.

–Sí..., soy Héctor..., y mi padre, efectivamente se llama Axos... –Héctor no tardó mucho más en comprender lo que allí estaba ocurriendo–. Y vosotros... ¡vosotros debéis ser los orfebres y herreros raptados el día de la Fiesta de las Máscaras! ¡En Tera y en Amnisos no se habla de otra cosa desde que hace semanas supimos de vuestra desaparición!

–¡Oh! ¡Por todos los dioses! ¡Eres nuestra salvación, muchacho! –exclamaron los cretenses en medio de una gran emoción–. La diosa Madre ha escuchado nuestras plegarias. ¡Finalmente! ¡Oh, sí, Héctor! ¡Somos nosotros!

–Pero ¿qué puedo hacer yo? ¿Cómo puedo ayudaros a escapar? Hay patrullas escoltando los corredores... No sé con qué frecuencia pasan, no sé cuántas pueda haber, aunque muy cerca de aquí hay un pequeño embarcadero y una posibilidad de escapar buceando por una galería submarina...

–Escucha, Héctor. Nada puedes hacer por el momento –le interrumpió Binnos–. Tienes que ir en busca de ayuda, de lo contrario, nos veremos obligados a trabajar para un determinado Glauco, un extraño ser que dice ser hijo del rey Minos... Nos consta que hay muchos más prisioneros, y, por la gran cantidad de metal robado que hemos podido ver en la forja que nos han mostrado, Glauco prepara una acción bélica de gran envergadura contra el rey. Debes sacarnos cuanto antes de aquí y dar aviso al palacio de Cnosos. ¡Todos estamos en peligro!

–Y hay algo más que deberías saber... Algo muy importante y que nos tiene muy preocupados... –añadió Temikos al relato de Binnos–. Hemos sido llevados una única vez ante ese tal Glauco. Sin embargo, ninguno de nosotros ha conseguido verlo. Se oculta entre los reflejos de cientos de escudos de bronce que cubren las paredes de una inmensa cueva, la más grande de cuantas hayas podido imaginar. Ignoramos qué aspecto tiene, desconocemos ante quién nos encontramos o contra quién deberíamos luchar...

–Pero eso no es todo, Héctor –prosiguió Binnos–. Aquí dentro están ocurriendo cosas muy extrañas. Pese a que nos sacan dos veces al día de la celda en horarios distintos, ninguno de nosotros logra recordar nada de lo que hace fuera de la misma. No me preguntes cómo, ni por medio de qué malas artes de magia, pero lo cierto es que, de algún modo que no acertamos a comprender, ¡consiguen borrar cualquier recuerdo de nuestras memorias! ¡Tienes que escapar de aquí y pedir ayuda!

Héctor quedó sobrecogido.

Se había internado en el cabo Stomión con objeto de hallar las pruebas que confirmasen la presencia de aquellas luces misteriosas y, en su lugar, había encontrado a los orfebres y herreros raptados el mismo día del robo en el palacio de Cnosos.

Después de escuchar los detalles de sus capturas y de lo que hasta ahora habían visto y vivido durante su reclusión entre aquellas grutas y galerías, Héctor abandonó a los cretenses con el firme compromiso de regresar con toda la ayuda necesaria para liberarlos.

Sin embargo, nada pudo llevarse en prenda que atestiguase que los había encontrado más que la historia narrada por los prisioneros y la difícil tarea de devolverlos la libertad.

Héctor subía la colina a pasos agigantados, sudoroso y con su larga melena oscura chorreando. Veía cada vez más cerca la choza del pastor; pero ahora, detrás de ella, se elevaba una inquietante columna de humo que remontaba la colina hasta confundirse con el cielo: el viejo volcán volvía a dar señales de vida y parecía que había escogido el peor momento.

Cuando Héctor llegó a la choza, comprobó que Lyktos no se encontraba en ella. Tampoco Zenón.

Escuchó sus ladridos procedentes de la suave ladera, donde el pastor solía llevar el rebaño de cabras y ovejas, y se encaminó hacia allí.

Su respiración agitada y sus noticias aún calientes le impidieron explicarse con claridad ante Lyktos, quien se encontraba observando con cierta preocupación la reactivación del volcán.

–¡Te digo que los he visto! –le decía Héctor por segunda vez, mientras acariciaba con fuerza el lomo blanco de

Zenón y luego sus graciosas orejas melenudas que le caían sobre los ojos–. ¡Son ellos, los herreros y orfebres raptados en Creta el día de la fiesta! Han sido hechos prisioneros por un tal Glauco, el hijo del rey Minos que todos daban por muerto hace años... Hay mucha gente trabajando para él, y preparan un ataque en breve... ¡Tenemos que rescatarlos cuanto antes! ¡Avisemos a mi padre!

Al oír el nombre de Glauco, Lyktos sintió un leve mareo, y, a partir de ese momento, no pudo seguir escuchando al muchacho.

–¿Glauco...? ¿Has dicho Glauco...? –repitió, entonces, muy pálido.

–Sí, eso dijeron, pero ninguno ha podido verlo aún.

–¡No es posible! –exclamó el pastor echándose las manos a la cabeza–. ¡No puede ser el mismo Glauco!

Lyktos hizo un esfuerzo por serenarse.

–Calma, Héctor, ante todo hay que mantener la calma –le aconsejó–, y por ello estimo precipitada la decisión de comunicar a tu padre lo que has visto.

–Pero, entonces, ¿qué pretendes que hagamos? –protestó abriéndose de brazos– ¿Cómo vamos a sacarlos de allí sin su ayuda ni la de la tripulación de *El Eltynia*? –Héctor se mostró muy contrariado ante la reacción excesivamente recelosa de Lyktos.

–Muchacho, la solución no es tan sencilla... No podemos alertar a toda la ciudad. ¡El pánico se apoderaría de sus habitantes!

Héctor lo miró con desconcierto. Los ojos del pastor reflejaron en ese instante un desasosiego que el muchacho no alcanzó a comprender.

93

–Los cretenses se encuentran en una situación muy delicada –reflexionó Lyktos muy preocupado–. Huir por el embarcadero que me has descrito dependerá de la marea baja, pues solo de ese modo han podido acceder a la boca de esa cueva, e imagino que a riesgo de naufragar entre los riscos, traicioneros como pocos en esa parte del cabo como muy bien sabes. Pero si difícil lo tienen intentando huir en barca, no conseguirían salir buceando por la entrada que tú encontraste; las posibilidades de morir ahogados son enormes. No son expertos buceadores como tú, y el tramo que deberían recorrer es excesivamente largo.

–¡No tienen otra opción! ¡Si no lo intentan, morirán seguro a manos de Glauco!

–Glauco no los matará... –declaró con firmeza, dirigiendo en ese momento su mirada hacia la columna de humo del volcán–. Su única posibilidad de salir con vida es... a través de los Cuatro Laberintos.

El gesto de estupor en el rostro de Héctor no se hizo esperar. Visiblemente sobrecogido y atónito ante las afirmaciones de Lyktos, le preguntó con cierto temor:

–¿Cómo sabes que se trata de cuatro laberintos? Yo no te he dicho que fueran cuatro, porque los cretenses no hablaron de un determinado número de ellos; solo dijeron que se perderían en los laberintos si trataban de fugarse.

De inmediato, las palabras de Lyktos fueron interpretadas por Héctor en otros términos bien distintos. El pastor no parecía ser ajeno a lo que el muchacho le acababa de relatar.

–¡Oh, no! ¡Por el gran Poseidón! ¿No estarás tú implicado en todo ello? –se alarmó Héctor de pronto.

—Es mejor que nos acerquemos a la choza. Necesito descansar —le pidió el anciano, con claros síntomas de fatiga—. Nunca creí que tendría que volver a revivir lo que entonces ocurrió, pero está claro que los errores de mi pasado tendré que pagarlos antes o después...

—¡Oh, Lyktos, por lo que más quieras! ¡Me estás confundiendo y preocupando al mismo tiempo! ¿Qué has querido decir con eso? —solicitó Héctor, nervioso.

—Te lo explicaré cuando lleguemos a casa.

Se encaminaron juntos hacia la choza. Al entrar, Lyktos invitó a Héctor a tomar asiento; cabizbajo, se dispuso a darle las explicaciones que el muchacho estaba esperando.

—Es una larga historia... —comenzó así mientras acariciaba las melenudas orejas del perro, que se había sentado ya a su lado—, tan larga que la creía ya olvidada por el tiempo y las circunstancias. Escucha, Héctor, hace muchos años trabajé a las órdenes del propio rey Minos...

—¿Me estás tomando el pelo?

—No, Héctor, no. Entonces no era un simple pastor, ni tampoco se me conocía por Lyktos, sino por Keftiú, es decir, por el nombre con el que los egipcios denominan al pueblo cretense. Así decidió llamarme una mujer que vivía en el palacio de Cnosos... —dijo al recordarla, pero sin añadir una palabra más acerca de su identidad—. Soy de origen egipcio, Héctor, y en su día fui un prestigioso arquitecto.

—¿Tú...? ¿Un arquitecto de origen egipcio trabajando para el rey de Cnosos? —Héctor sacudió la cabeza, confuso.— Pero ¿por qué nunca me hablaste de ello?

—Eso ahora ya no tiene demasiada importancia, muchacho. Sí la tiene, en cambio, lo que estoy a punto de revelarte

–dijo bajo la atenta mirada de Héctor, que no le quitaba ojo de encima–. Como arquitecto al servicio del rey proyectaba palacios, edificios civiles y religiosos, y tenía acceso a la casta sacerdotal que vivía bajo techo real. Un día ocurrió algo terrible que afectó profundamente a los reyes de Cnosos, más terrible todavía que el nacimiento del Minotauro. El hijo menor del rey, el pequeño Glauco, comenzó a manifestar extraños síntomas, síntomas que... podría decirse... eran, sin duda alguna, ajenos a un comportamiento estrictamente humano. ¿Cómo explicártelo? –se dijo, echándose las manos a la cabeza al tratar de encontrar las palabras adecuadas– Glauco dejó de comportarse como los demás niños de su edad. Pescaba los peces a dentelladas y los devoraba crudos delante de la sacerdotisa real; chillaba de un modo extraño, emitiendo sonidos estridentes y agudos como el de los cantos de las sirenas o el de las ballenas. A los tres años, buceaba durante tanto tiempo en las playas cercanas a Amnisos, sin emerger siquiera para respirar, que en más de una ocasión le dieron por muerto, pero terminaba saliendo a la superficie sin mostrar siquiera signos de fatiga ni de asfixia. Su piel arañaba como las escamas de un pez cuando se secan... Se convirtió en un niño muy astuto y... también cruel. Sobre todo cruel y desalmado.

Una mañana de invierno –prosiguió–, pocas semanas antes de que los almendros de las colinas anunciasen la primavera, una inesperada noticia sacudió al palacio de Cnosos: Glauco había desaparecido. Durante días lo buscaron sin tregua por todas partes, por los puertos cercanos, por las grutas sagradas... Desesperado, el rey Minos acudió a un adivino para intentar encontrarlo. Por medio de un oráculo, el mago aseguró a los reyes que Glauco aparecería. Hasta que, finalmente, lo encontraron; el príncipe, persiguiendo ratones por los grandes almacenes de palacio, cayó en una de las grandes tinajas de miel... y se ahogó. Glauco fue enterrado entre llantos y lágrimas de los miembros y allegados de la familia real. Delante de su sarcófago se realizaron los funerales oficiales y se procedieron a realizar las libaciones y sacrificios en su honor. ¡Fue una terrible desgracia!

Lyktos tomó una bocanada de aire y se alzó. Se encaminó al exterior de la choza y allí continuó su relato:

–Pasado algún tiempo, una mañana de primavera fui llamado a palacio. El rey Minos quería verme. Acudí a la audiencia que se me había fijado. El rey se mostró serio y circunspecto; había un claro gesto de preocupación en su mirada. Me pidió entonces que proyectase cuatro laberintos, tan complicados que nadie pudiera escapar de ellos, pero me advirtió que la realización y supervisión conjunta de los mismos le sería encargada a Dédalo, ejecutor del propio laberinto del Minotauro. En un principio me disgustó la idea, pues nunca me quiso esclarecer el fin de aquellos laberintos. Si el Minotauro tenía ya el suyo, ¿por qué el rey necesitaba que se proyectasen y ejecutasen en breve tiempo cuatro laberintos más? ¿Quién debería ser encerrado en ellos? ¿Se trataba de esconder a alguien o de ofrecer víctimas a otro ser, como le eran ofrecidas ya de este modo los catorce jóvenes atenienses al Minotauro? Nunca supe si el rey trataba de proteger a alguien o protegerse de alguien. Pero lo cierto es que no desveló el misterio. Mi proyecto fue entregado en el plazo solicitado y fui muy bien pagado por ello. También por mi silencio...

–Entonces, ¡tú sabías de la existencia de los Cuatro Laberintos en Tera y no dijiste nada a nadie! –le increpó Héctor, aún más molesto.

–¡No es verdad! –se defendió el anciano–. Nunca supe el verdadero emplazamiento de mi proyecto. Dédalo, junto con el rey, fueron los únicos depositarios de un secreto guardado con especial celo. Nadie debía saberlo. Ni yo mismo supe cómo habían sido utilizadas mis ideas para la realización conjunta de los cuatro laberintos que Dédalo debía de poner en práctica. Desgraciadamente, ahora ya sé dónde se construyeron –añadió, suspirando con fuerza–. Ahora entiendo el precio de mi silencio... Héctor, si los artesanos son los prisioneros de quien me temo no murió ahogado, no podrán salir sino requiriendo la ayuda del rey Minos. Tenemos que viajar de inmediato a Creta y solicitar que Dédalo nos ayude; la clave de la salida de cada uno de los laberintos está en su poder, en un medallón en el que debieron ser grabadas.

–Entonces, ¿tú no conoces el proyecto final?

–Así es. No se me pagó por conocerlo. No fue ese mi cometido.

–¿Y tampoco sabes cómo es en verdad Glauco?

–Desconozco qué aspecto pueda tener... No sé qué pudo haberle ocurrido a ese crío para que su comportamiento cambiase de modo radical. Su vida fue un misterio, y sus padres sepultaron tras su entierro todo recuerdo vivo. ¡Oh, Héctor! –exclamó entonces con gesto consternado–. ¿Te das cuenta de que nos encontramos en un enorme aprieto? Los herreros y orfebres cretenses no deben, bajo ningún concepto, realizar ese trabajo. Presiento un gran peligro en ello... –añadió mientras sus pensamientos se perdían en la lejanía. Luego le dijo–: Ven conmigo, Héctor. Antes que nada, quiero que me acompañes al interior de la vieja gruta sagrada. Deseo mostrarte algo.

Era evidente que Héctor no había terminado de recibir sorpresas y, dispuesto a seguir escuchando más novedades, lo acompañó sin hacer preguntas. El pastor improvisó una antorcha y luego se adentró en la vieja gruta, seguido del perro y del muchacho.

–Aproxímate –le pidió, acercándolo hasta el Gran Disco del Destino.

Ante el asombro del muchacho, Lyktos le mostró el objeto en donde realizaba sus procesos adivinatorios.

–Desde hace días, el Gran Disco del Destino solo arroja combinaciones nefastas. Los augurios no pueden ser peores. Intentaré explicarte cómo hay que interpretar estos siete círculos o anillos que ves aquí trazados, dentro de esta espiral, y los diferentes dibujos que rellenan cada uno de ellos. Has de saber que los cuatro elementos básicos presentes en nuestro mundo: el agua, el fuego, la tierra y el aire, están representados en cuatro de los círculos, aquellos que parten desde el centro hacia el exterior del Gran Disco. Los tres anillos restantes hacen referencia a los dioses, a los hombres y, finalmente, el último de todos, que es el anillo exterior, representa al ser cuyo proceso adivinatorio se desea conocer. Lo he intentado docenas de veces desde aquella mañana que apareciste en mi choza y me narraste el extraño robo ocurrido en Cnosos, si bien siempre obtengo el mismo resultado. Cualquier futuro que desee proyectar sobre el disco tiene una idéntica lectura.

–¿Qué quieres decir? –preguntó Héctor sin comprender, pese a que había seguido con gran atención sus explicaciones.

–Bastará una prueba más para que lo entiendas.

Introduciendo las siete piedras de colores en la orza de barro, el pastor las agitó en alto y luego las dejó caer encima del disco.

–¿Te das cuenta? –exclamó agitado al ver otra vez la misma distribución–. Todas caen en su centro excepto una, aquella que representa a la persona, en este caso a ti, y que siempre se queda clavada en el anillo exterior. Pero si repetimos el proceso esperando conocer mi futuro en los seis elementos que nos rodean –le dijo mientras reintroducía las piedras en la orza y la agitaba de nuevo–, obtenemos el mismo resultado. –Entonces, dejó caer las piedras, que adoptaron una vez más una idéntica disposición.

Héctor se quedó perplejo y no pudo por menos que formularle la pregunta obvia:

–¿Y qué significa?

–Desearía no contestarte por el momento –le respondió mientras recogía las piedras sobre el disco.

–¡Necesito saberlo! Si hay algo que mi comportamiento haya podido desencadenar en las fuerzas del destino, es indispensable que lo sepa cuanto antes.

–¡Tú no has desencadenado nada! Los dioses rigen nuestras vidas y es difícil entender su proceder, sobre todo cuando, como en este caso, apuntan a decisiones tan importantes.

–Precisamente por eso necesito que me des una respuesta: ¿qué significa todo eso? –insistió Héctor, intentando conocer la fatídica alineación de las piedras.

–No puedo. Es indispensable que lo descubras por ti mismo.

–¡No entiendo entonces cómo es posible revelar un secreto sin decirme siquiera de qué se trata!

–¡Aquí quería que llegásemos! –exclamó Lyktos–. Escúchame bien, Héctor: intentando comprender el porqué de tan sorprendente resultado, en dos ocasiones la piedra que reflejaba tu destino quedó alojada entre el círculo que representa a los dioses y el que representa a los hombres. Semejante alineación habla de un «diálogo entre ambos», siendo tú, por tanto, el intermediario, el mensajero... Eso quiere decir que serás el encargado de acudir al palacio de Cnosos para contarle al propio rey Minos lo que ha sucedido.

–Pero ¡eso significa una gran responsabilidad! –protestó Héctor, atemorizado–. ¡Soy demasiado joven! Mi padre es el hombre ideal para ejercer una misión de tal envergadura... o tú mismo... ¿no te parece?

–Eres tú el elegido por el destino, no yo. Ni tu padre, ni ningún otro mortal –le respondió el anciano pastor con voz firme.

Héctor lo miró sin saber qué alegar para rechazar una embajada tan crucial. ¡Él, un simple pescador de esponjas, portador de noticias tan pésimas ante el propio rey, como si se tratase de una bandada de grajos negros que sobrevolara el altar de la diosa Madre y se posara en los Cuernos de la Consagración!

–No tenemos otra alternativa –insistió el anciano mirándolo a sus grandes ojos verdes–. Si queremos rescatar a los cretenses con vida e impedir que Glauco termine con la paz del rey Minos, hemos de actuar con rapidez. Ignoro por qué los orfebres no pueden recordar nada de lo que ocurre fuera de sus celdas, y precisamente por eso la situación resulta más preocupante, si cabe. ¡Es de vital importancia que viajes cuanto antes a Creta! No tenemos tiempo que perder. ¡Por todos los dioses, Héctor! ¡Todos estamos en peligro!

Los razonamientos esgrimidos por el pastor terminaron convenciendo a Héctor de lo inevitable. Viajaría a Creta aprovechando la inminente partida de *El Eltynia* rumbo a Amnisos.

6
En el palacio de Cnosos

El volcán rugía arrojando al cielo una columna de humo y cenizas cada vez más densa, mientras el puerto de Akrotiri se hallaba sumergido en un griterío de habitantes, nerviosos y asustados, muchos de los cuales se preparaban para el inminente abandono de la ciudad. Hacía poco menos de una hora que otro terremoto había sacudido la tierra con más violencia que el anterior; algunos edificios, al venirse abajo, habían provocado daños irreparables y también numerosos heridos y algunos muertos.

La confusa situación creada complicaba las circunstancias especiales de la misión de Héctor, quien, acompañado por el pastor, esperaba que este pudiera apoyar frente a su padre el relato de su inquietante descubrimiento, así como la entrevista que debería efectuar ante el rey de Cnosos.

Cuando llegaron a la casa de Héctor, encontraron a su familia recogiendo sus enseres y portándolos en carros hasta el puerto.

–¡Por todos los dioses, Héctor! –exclamó su madre con alivio nada más verlo entrar. Su hermana iba y venía, nerviosa, de un lado a otro, con los brazos cargados de ropa lista para cargarla en una carreta–. ¿Pero dónde te habías metido? ¡Te hemos buscado por todas partes! ¡Esto es un desastre! Abandonamos la isla rumbo a Creta. Recoge tus cosas, aquellas que consideres más importantes, y súbelas al último carro; tu padre está preparando *El Eltynia* para embarcarnos en cuanto terminemos.

–Perdóname, madre, pero te ruego que te encargues tú personalmente –le respondió–. Es importante que hable con mi padre lo antes posible.

–Pero, Héctor, ¡no hay nada más importante en estos momentos que abandonar Akrotiri! –gritó, atónita y exaltada.

Sin embargo, Héctor no se detuvo a dar ninguna aclaración. Iba ya de camino con Lyktos hacia los muelles, sorteando como bien podían los restos de muros, terrazas y cornisas desprendidos durante el último temblor.

Al llegar al puerto, la confusión era aún mayor. Se hicieron paso entre la muchedumbre hacinada y nerviosa hasta alcanzar el final del muelle, en donde se encontraba atracado el espléndido gaulos. Dintros había conseguido reunir a la tripulación en muy poco tiempo, y todos estaban trabajando a destajo en las labores de la inminente evacuación. Sin embargo, cuando Axos vio llegar a Héctor acompañado del pastor, tuvo un extraño presentimiento.

–¿Huyes tú también de Tera, Lyktos? –le preguntó desde el puente de la nave desde donde estaba organizando la carga junto a Dintros.

–No. Yo me quedo. Personalmente, no creo que por el momento se produzca una nueva sacudida, y además... ¿qué sería de mis animales si los abandonase ahora?

–Podrías llevarlos hasta la isla de Íos. He oído decir que otras galeras transportarán los rebaños hasta allí.

–Siendo así, buscaré quién pueda embarcarlos en una de ellas, pero yo no tengo intención de dejar mis colinas. Son mi razón de ser.

–Entonces, ¿has acompañado a Héctor hasta aquí con objeto de echarnos una mano?

–En cierto sentido, sí.

Axos observó que entre su hijo y el pastor se intercambiaban un gesto de complicidad.

–¿Qué ocurre? –les preguntó, nervioso.

–Sé que este no es el mejor momento para decirte lo que venimos a contarte, pero es de vital importancia que nos escuches –le solicitó Lyktos–. Tal vez Dintros podría continuar con los trabajos de carga; necesitamos hablarte en privado.

El gesto grave del anciano no dejó lugar a dudas a Axos de que debía atender su petición.

–Está bien –accedió así. Luego, echó una ojeada a la cubierta y dio orden a Dintros de continuar cargando la nave.

La punta del muelle, vacía y solitaria, resultó un lugar idóneo para hacer partícipe a Axos de los acontecimientos que habían tenido lugar. Desde *El Eltynia*, Dintros observaba los semblantes serios y circunspectos de los tres mientras hablaban. Al principio, Axos parecía desaprobar lo que se le estaba diciendo, pero Lyktos insistía con una persistencia difícil de ignorar; lo sujetaba por los brazos, mirándolo con intensidad, a la vez que hablaba sin perder la calma, con una capacidad de persuasión jamás vista en el anciano vendedor de miel y quesos.

Al cabo de un rato, Dintros los vio regresar.

Axos manifestó una preocupación contenida cuando se despidió del pastor, ya desde la cubierta de la nave.

–Solo cuando desde Amnisos observemos una disminución de la actividad del volcán, regresaremos a Tera –le dijo Axos al anciano–. Si las circunstancias nos obligan a volver antes de que los signos sean favorables, nos encontraremos en el cabo, según lo acordado.

–Así lo haremos –asintió Lyktos–, y te agradezco tanto la comprensión que has manifestado como también tu acertada decisión de acompañar a Héctor.

A continuación, Lyktos se despidió calurosamente del muchacho.

–¡Te deseo toda la fortuna que los dioses puedan concederte! Regresa pronto.

Héctor no pudo evitar que la tristeza lo embargara mientras se fundían en un largo abrazo. Temía dejar al anciano en semejantes condiciones. Sin embargo, no tenía otra elección, pero sabía que, si el pastor creía que su plan debía desarrollarse siguiendo los pasos que él mismo había establecido, eso era lo más acertado.

El Eltynia y su tripulación estaban listos para zarpar con rumbo a la costa norte de Creta. Ahí desembarcaría la familia de Axos, de donde era originaria, y de este modo quedaría a salvo de nuevas erupciones y terremotos. Luego, la nave se dirigiría hacia al este, hasta el puerto de Amnisos.

El último en saltar a cubierta fue Héctor. Su madre y su hermana ya se habían acomodado a popa, junto a otras dos familias más. Desde la proa, el muchacho fijó la vista en el anciano mientras la nave se alejaba lentamente del puerto junto con otros dos gaulos cuyas velas ya habían sido desplegadas al viento.

El sonido ronco y agudo de las conchas de tritón, resonando en boca de los marineros que abandonaban la isla, fue una imagen que difícilmente Héctor podría olvidar. Lloró tan amargo momento mientras su amada Tera quedaba cada vez más lejana, a merced de un futuro incierto y sombrío que la columna de humo, elevándose sobre su cima más alta, se encargaba de acentuar.

Durante el tiempo que duró la travesía desde Akrotiri hasta Amnisos, Axos hizo lo posible por esquivar los frecuentes encuentros que Dintros forzó para sonsacarle alguna palabra de la misteriosa conversación que había tenido lugar en el muelle.

Cuando llegaron al puerto cretense, anclaron en la bahía cercana al muelle oriental. Fondearon al lado de otras naves procedentes también de Akrotiri; el color grisáceo de sus embarcaciones, tiznadas de cenizas, las hacía fácilmente reconocibles entre las demás. Numerosas personas se agolpaban en torno a sus tripulaciones y pasajeros esperando escuchar noticias frescas sobre la erupción del volcán por boca de quienes la habían contemplado.

Axos, Héctor y Dintros se dirigieron a la posada de Jasea. Allí dieron todo lujo de detalles a todo aquel que se acercó a solicitarlo. Pero Dintros parecía más preocupado por el objeto de aquella misteriosa conversación que había tenido lugar en el muelle que interesado en ofrecer información acerca de la erupción y los constantes terremotos que estaban sacudiendo la isla.

–¿No podrías tú decirme de qué se trata? –preguntó a Héctor, aprovechando la ausencia de Axos, que había subido a saludar a la familia de Jasea.

–No hay nada que pueda decirte –se limitó a responder Héctor, dispuesto a mantener el proyecto en absoluto secreto. Pero luego añadió–: Por el momento...

–¡Oh! ¡Parece que estoy de suerte! –exclamó Dintros esbozando una gran sonrisa–. Esto significa que aún no has perdido la confianza en mí, después de todos estos años.

–No se trata de eso, Dintros... –se justificó el muchacho–. Te puedo asegurar que es mejor que no sepas nada y te mantengas al margen.

–¡Dame al menos una pista! –solicitó ansioso de frente a tan intrigante actitud–. ¡Siempre nos hemos contado nuestras cosas! ¿Acaso has vuelto a discutir con tu padre por lo sucedido aquella noche? ¿La cita en el cabo, de la que habló Axos, tiene relación con ello...?

–No insistas. Nada puedo decirte, aunque quiero que sepas que, a pesar de todo, tienes que seguir confiando en nosotros.

–¡Nos vamos, Dintros! –le comunicó Axos, haciendo acto de presencia e interrumpiendo así las últimas palabras de su hijo.

–¿Cómo que nos vamos? ¿Adónde, si acabamos de llegar! ¡No teníamos previsto descargar las mercancías hasta mañana por la mañana! El puerto está repleto de refugiados teranos, y no creo que hagamos buen negocio en un día tan agitado...

–Nos vamos Héctor y yo –le aclaró.

–¡Ah! Bien... –repuso secamente Dintros–. En ese caso, que tengáis suerte –añadió un tanto molesto por lo que consideraba una falta de confianza.

–No hay nada que tratemos de ocultarte, Dintros –le dijo Axos, consciente de la actitud dolida de su socio–. Es importante que nuestro silencio lo interpretes como una forma de protegerte.

–¿Protegerme de qué? Somos amigos desde hace muchos años. Hemos envejecido juntos recorriendo todos los puertos y mares conocidos, hemos afrontado dificultades inimaginables, y esta es la primera vez que te veo manifestar una actitud tan reservada hacia mí. ¡Si no me dices qué es lo que está ocurriendo, te aseguro por todos los dioses que a partir de ahora ya puedes ir buscando otro compañero de negocios!

–Dintros, te prometo que cuando volvamos te haré partícipe de todo lo que ahora te estoy ocultando, pero es indispensable que acompañe a Héctor y que lo hagamos los dos solos– puntualizó.

–Acompañarlo... ¿adónde? ¿Deseas incorporarlo a la cofradía de mercaderes o, tal vez, a la de metalúrgicos? Me parece bien. Si es así, no es necesario que me lo ocultes. ¡Todos hemos pasado por las pruebas iniciáticas antes o después! –replicó.

–Vamos al palacio de Cnosos –le confesó Héctor, bajando con discreción el tono de voz. A sus espaldas había varios mercaderes hablando con Jasea, y no deseaba que nadie escuchara el contenido de la conversación.

–¿Y podría saber qué tenéis que hacer allí?

–Lo sabrás a su debido tiempo –se limitó Axos a responder.

Axos lo miró de tal modo que Dintros comprendió que era inútil insistir haciendo más preguntas. Luego, Héctor y su padre abandonaron el local, dejando a Dintros a la espera de su regreso.

Axos y Héctor tuvieron que esperar un buen rato en la escalinata de la entrada principal antes de acceder al palacio. Eran muchas las personas que acudían a diario hasta Cnosos para aprovisionarlo de alimentos, telas, objetos de lujo y demás enseres, y todos, sin excepción, debían comunicar el motivo de su visita a los oficiales que custodiaban los accesos, incluso aquellos funcionarios y nobles que llegaban transportados en sus elegantes literas móviles.

Cuando finalmente les tocó su turno, Axos se adelantó y habló a la guardia:

–Mi nombre es Axos. Soy comerciante de Akrotiri y dispongo de un gaulos de más de treinta remeros: *El Eltynia* –se presentó así, haciendo llegar su rango social–. Necesitamos urgentemente entrevistarnos con el rey Minos. Os ruego que hagáis llegar mi embajada ante quien corresponda.

–¡Vaya, vaya! De modo que queréis ver ni más ni menos que al rey en persona... –repitió el oficial con cierto aire burlón, cruzándose de brazos.

–Así es –respondió Axos con voz grave.

–¿Y de qué queréis hablar?, porque necesito saber el motivo de vuestra visita.

–Se trata de un asunto privado –dijo Héctor.

–Por lo que parece el muchacho también habla...

–Escuchadme con atención –le cortó Axos con gesto severo–. No tenemos tiempo que perder. Es un asunto de la máxima urgencia.

–De modo que se trata incluso de un asunto de «máxima urgencia»... Pues sabed que los asuntos privados y urgentes deben venir acompañados por embajadores privados y credenciales fiables. No se conceden audiencias reales si no es así.

–Está bien –respondió Axos retomando la calma–. Decidle entonces al rey que mi embajador se llama Keftiú y que deseamos hablar de un proyecto realizado hace tiempo. Entenderá rápidamente nuestras credenciales...

–¿Nos queréis tomar el pelo? ¿Keftiú? ¿Has dicho Keftiú? ¿Pero es que no sabéis que todos los habitantes de Creta son llamados de este modo por los egipcios? ¡¡Todos nosotros somos *keftiús*!! –exclamó burlándose de ellos–. Si desconocéis algo tan evidente, tened por seguro que desconfío incluso de que seáis teranos –agregó endureciendo la mirada.

–¡Por supuesto que no lo desconozco! –protesto Axos, furioso–. Precisamente por ello, verás que mi credencial es válida.

Axos y Héctor temieron por unos instantes que la actitud recelosa de los oficiales pudiera hacer malograr la oficialidad de su visita.

–Está bien –accedió de pronto el soldado–. Visto que nos habéis hecho reír un rato, haré llegar vuestra embajada. Pasad al Cuarto de Guardia y esperad ahí. Veré qué puedo hacer.

El oficial abandonó la entrada y se internó en el palacio. No tardó en regresar acompañado de un miembro real; su indumentaria y sus joyas así lo confirmaban. Pero el rostro del guardia no era el mismo de antes; serio y circunspecto, dio anuncio en voz alta del alto cargo del representante oficial.

–¡En nombre del real secretario, alzaos ante su presencia!

Axos y Héctor se levantaron del banco corrido que rodeaba la pequeña estancia. El secretario echó una mirada a los teranos. Luego se dirigió a Axos:

–¿Eres tú el enviado por el antiguo arquitecto de palacio?

–Sí, en efecto –respondió Axos, emitiendo un respiro de alivio.

–Os ruego que perdonéis el malentendido. Vuestro emisario hace tiempo que no frecuenta Cnosos, y estos jóvenes oficiales desconocen que se trató de una de las personas más influyentes en tiempos pasados. Vuestra embajada es bien recibida. ¡Seguidme!

–¡Oh, alabada sea nuestra gran diosa Madre! –exclamó Axos con alegría.

Abandonaron el puesto de guardia y el secretario condujo a los teranos a través del palacio. Cruzaron la entrada y luego caminaron por un largo vestíbulo porticado decorado con escenas de toros pintados. Al final del mismo, la luz inundaba el amplio patio central del complejo palaciego. El murmullo de voces de sus habitantes se escapaba por patios, corredores, puertas y ventanas, tanto del piso en donde ellos se encontraban como de los superiores, rodeados de innumerables filas de gruesas columnas rojizas que brillaban al sol del mediodía.

El secretario les hizo ademán de continuar avanzando y les guio a los pisos superiores. Poco después, llegaban a una sala porticada que se hallaba a su derecha. El secretario se detuvo a su entrada.

–Esta es la antecámara de mi despacho –les dijo–. Pasad y esperadme dentro. Regresaré en unos instantes.

–Presiento que no creerán nuestra historia –confesó Axos a su hijo al asomarse por la gran ventana, cuyas espléndidas vistas se perdían hasta alcanzar las montañas–. No será fácil que lo hagan –añadió con temor.

–¡Tienen que creernos, padre! Sin la ayuda del rey Minos no podremos hacer frente a Glauco.

–Lo sé, Héctor, pero te recuerdo que tienes que ser tú el que relate al rey lo sucedido. Lyktos fue muy claro en lo que a este punto respecta...

Momentos después, el secretario hacía acto de presencia acompañado de una hermosa mujer. Sus ojos azules destacaban sobre su fino rostro por el maquillaje de líneas negras que los rodeaban. Numerosas cadenas de perlas se enrollaban en los rizos de su cabello, aclarado con tintes grisáceos. Un corpiño de vivos colores le ceñía el busto realzándolo, y, debajo de él, un traje ajustado de color azul le caía hasta los tobillos formando numerosos pliegues y volantes. Su aspecto elegante y regio quedaba realzado con los pendientes, collares y brazaletes de oro y perlas que lucía, repletos de espirales y flores encadenadas.

Con voz suave pero gesto expectante, la regia dama habló:

–¿Es él, el comerciante terano? –preguntó entonces al secretario.

–Sí, alteza.

Entonces, dirigiéndose a Axos, le dijo:

–Me han informado de que traes una embajada de parte de nuestro antiguo arquitecto egipcio. ¿Acaso vive todavía o se trata de una broma? –preguntó manifestando cierta inquietud–. ¡Lo dábamos por muerto hace años! ¿Dónde se encuentra? ¿Qué ha sido de él? ¿Qué noticias puedes ofrecernos?

–Presumo así que sois la reina Pasífae –respondió Axos entonces, inclinándose respetuosamente con una reverencia–. Es para mí un gran honor poder conoceros. Mi hijo Héctor es quien trae una misión de suma importancia que debe comunicar al rey lo antes posible. En efecto, Keftiú vive –lo confirmó así–. Pero intuyo que, por el tipo de vida que ha resuelto llevar, nada tiene que ver con el prestigioso arquitecto que fue en otros tiempos. En Tera es conocido como Lyktos, pastor vendedor de quesos y miel de las colinas cercanas al cráter del volcán. Es efectivamente él quien nos ha enviado.

–¡Nuestro arquitecto está vivo! –exclamó la reina con júbilo, ausentándose por unos instantes ante los recuerdos evocados.

–Sí, mi reina –intervino entonces Héctor–, si bien existe otra persona que también lo está... Se trata del príncipe Glauco.

El nombre de Glauco no pudo ser más inoportuno a oídos de la reina, sobre todo porque aún no había tenido tiempo de reponerse de su sorpresa de frente a las inesperadas noticias referentes a su antiguo arquitecto de palacio. La sonrisa que había esbozado al recordar el pasado quedó de golpe congelada.

–¿Glauco? ¿Os referís a mi difunto hijo? –preguntó incrédula– ¿A mi pobre hijo ahogado? Pero ¿de qué estáis hablando? ¿Osáis acaso venir a burlaros de vuestros reyes en su propia regia morada y, especialmente, tratándose de un asunto tan delicado?

–¿De qué se trata esto?, ¿de una broma de mal gusto? ¿Cómo os atrevéis a hacer algo semejante? –les increpó el secretario, furioso, saliendo en defensa de la reina.

Ella, apesadumbrada por el doloroso recuerdo, retrocedió hasta llegar a una esquina de la sala.

–¡Os ruego que abandonéis inmediatamente el palacio! –ordenó el secretario indignado –. ¡Nadie ha osado pronunciar el nombre del príncipe muerto desde sus funerales, y nadie lo hará, de modo que esta conversación no ha tenido lugar para ninguno de los aquí presentes! Si llegasen noticias a nuestros oídos de que han sido desobedecidas nuestras órdenes, os aseguro que pagaréis muy caro vuestro atrevimiento...

–¡Basta! ¡Deja que sigan hablando! –intervino la reina, haciendo un esfuerzo por reponerse de la fuerte impresión–. Necesito saber qué está ocurriendo y por qué dicen que Glauco vive aún. Nuestro antiguo arquitecto real no los habría enviado hasta aquí sin un motivo lo suficientemente importante.

–Como ordene, mi reina –obedeció el funcionario, dando por terminadas sus reprimendas.

–Sentimos provocar el dolor en el corazón de la reina –se disculpó Axos con intención de suavizar el tono alterado que había tomado la conversación–; no hemos venido hasta aquí con el propósito de turbar la tranquilidad de quien tanta paz nos ha regalado, pero, si deseamos seguir conservando dicha paz, es imprescindible que podamos hablar al rey Minos en audiencia.

–El rey no se encuentra en palacio –informó la reina, adelantándose a su secretario antes de que este respondiera en su lugar–. Viaja con rumbo a los mares de poniente y desconocemos cuándo regresará. En su ausencia, soy yo quien toma las decisiones. Decidme, por tanto, de qué se trata.

–¡Oh! ¿Qué debo hacer, padre? –preguntó entonces Héctor, indeciso–. ¿Debo contarle a ella todo lo que sé?

–Sin duda –lo animó la reina–. Es a mí a quien tienes que confiar la audiencia que teníais prevista realizar al rey.

–Pero Lyktos insistió en informar exclusivamente al rey –lo desaprobó Héctor.

–Hijo, dadas las circunstancias, tal vez debamos replantearnos nuestra decisión, a pesar de lo que Lyktos dijera –reflexionó su padre–. Piensa que la situación es demasiado grave como para esperar el regreso de la flota real.

–De hecho no sabemos con certeza cuándo lo hará –añadió el secretario–. ¡Podría ser incluso que no decidiera volver hasta llegada la época de las lluvias!

Pese a todo, los argumentos esgrimidos por los demás no conseguían doblegar la decisión de Héctor. Entonces, la reina se acercó al muchacho y, con la mirada serena puesta en sus ojos verdes, le tomó las manos:

–Sabes, Héctor –le dijo con voz suave–, Glauco hubiera sido un chico como tú. Nació fuerte y sano; lleno de vida, de alegría... ¡Le gustaba tanto jugar con los otros niños de palacio, esconderse en los almacenes, corretear por todas partes...! Pero los dioses le fueron privando poco a poco de sus cualidades humanas, de una infancia serena y feliz... Lo cierto es que Glauco se fue convirtiendo en un ser desalmado e insaciable de poder, incluso a pesar de su corta edad. Era imprevisible, voluble...; estaba más próximo a la naturaleza de Poseidón o a alguno de sus tritones marinos que a la nuestra. De forma inexplicable metamorfoseaba su cuerpo cada día que pasaba, hasta que un día... desapareció de nuestras vidas, y, junto con él, su tutor, Epiménedes, un hombre mezquino e hipócrita a quien nunca tuve que haberle confiado la educación de mi hijo... –añadió entre sollozos–. Glauco murió. Él ya solo pertenece al mundo de los dioses, no al de los mortales.

–¿Debo entender, por tanto, que Glauco en verdad... no murió? –dedujo Héctor, mirando con intensidad a la reina–. Si así fue, entonces, ¿a quién enterraron durante sus funerales reales?

La reina desvió la mirada en señal de aprobación y suspiró con fuerza antes de responder.

–Un muchacho de su misma edad que vivía en palacio falleció ahogado en una inmensa tinaja de miel –confesó de este modo la sospecha de Héctor–. Su muerte fue aprovechada por el rey con el objeto de ocultar a Glauco, de hacerlo desaparecer de nuestras vidas sin esperar un día más. Temíamos que corriera la voz de la existencia de otro ser salvaje y cruel que pudiera llegar a aterrorizar a los habitantes de la isla, al igual que ya lo había hecho el Minotauro, para quien Dédalo construyó el Laberinto y en cuyo interior fue encerrado.

117

–Entonces –dijo Héctor, que había escuchado conmovido el relato de la reina–, ¿por qué el rey ordenó cuatro laberintos más?

–Porque necesitábamos un lugar seguro en donde recluir a Glauco –respondió ella–. ¿Acaso no lo entiendes? Su excesiva crueldad hizo temer por nuestras propias vidas. Ya teníamos bastante con la existencia del Minotauro, ¿no os parece? Creta disfruta de una época de prosperidad que no ha sido fácil conseguir. La existencia de Glauco solo traería enormes problemas que no estamos en condiciones de afrontar... ¡Glauco no existe para ningún minoico! O mejor dicho: dejó de existir después de sus funerales.

–Sí, pero ¿por qué se decidió enviarlo precisamente a Tera? –preguntó Héctor.

–Lo ignoro –se sinceró la reina–. El emplazamiento de la prisión de Glauco fue elección exclusiva del rey. Yo solo le pedí que lo apartase de Creta y de nuestras vidas tan lejos como fuese posible. Entonces no quise saberlo. Y sin embargo ahora... –concluyó abatida, suspirando con fuerza. Apretó los labios y dijo–: ¡Tú has venido a revelarme un secreto que he deseado conscientemente ignorar durante todos estos años!

–¡Lo siento mucho, alteza! –se excusó Héctor bajando la mirada– Sin embargo, hay algo más que no comprendo...

–Dime, Héctor, ¿de qué se trata?

–Si el rey sabía dónde estaba encerrado Glauco, ya que fue él mismo quien escogió la ubicación de los Cuatro Laberintos, imagino que lo habrá visto para comprobar que en verdad sigue allí prisionero. Sabrá, sin duda, qué aspecto tiene, cómo es en realidad.

–Te equivocas, muchacho –rebatió la reina–. Nadie lo ha visto desde su reclusión, excepto, claro está, aquellos soldados que lo apresaron para conducirlo hasta su nueva morada, así como su tutor, Epiménedes, quien quedó a su cargo a partir de entonces. Yo tan solo tengo el triste recuerdo de un niño de ocho años cuya piel era más propia de una morena marina que de un humano, y su aspecto el de un ser horrible... Odiaba el sol porque le quemaba como una antorcha encendida. Solo el agua y la miel calmaban las asperezas de su piel viscosa. Teníamos que proteger su cuerpo con túnicas de lino embebidas con un ungüento preparado por la propia sacerdotisa real, además de ver cómo sus dientes se afilaban más y más cada día que pasaba... Pero de eso hace ya demasiado tiempo...

Entonces, Héctor, animado por la sinceridad de la reina, decidió dejarse llevar por el corazón y procedió a relatar lo que había venido a contar solo al rey Minos.

–Su alteza debería saber, por lo tanto –comenzó diciendo–, que los orfebres y herreros cretenses que desaparecieron el día de la Fiesta de las Máscaras junto con el metal robado en el palacio se encuentran prisioneros en una mazmorra en el interior de un enjambre de túneles y cavernas horadados en el cabo Stomión, a los pies de la isla de Tera. Aseguran que han estado en presencia de Glauco, si bien ninguno de ellos ha podido describir ni un pequeño pedazo de su cuerpo; al parecer, lo oculta en el reflejo de cientos de escudos de bronce que recubren una cueva gigantesca. Dicen que su cautiverio tiene por objeto la realización de una única armadura, ¡solo para él! El metal robado aquella mañana en Creta ha sido fundido en una enorme forja cuyo fuego procede de la lava del volcán. ¡Hay centenares de lingotes a la espera de ser utilizados para tal fin! ¡Cientos de ellos! Por desgracia, los herreros no recuerdan cuál está siendo el ritmo de los trabajos encaminados a la ejecución de semejante armadura; desde que fueron llevados ante Glauco, su memoria parece no recordar nada, excepto cuando vuelven a su celda. Según me contaron los herreros, hay muchos más prisioneros implicados, pero desconocen cuál es el número total de ellos, pues el plan se está llevando a cabo bajo el más estricto secreto, incluso para los hombres que están trabajando en él.

La reina quedó sobrecogida ante el inquietante relato del muchacho.

—Pero ¡todo esto es absurdo! —protestó, negando con repetidos golpes de cabeza— ¿Para qué podría necesitar una armadura si está prisionero en los laberintos? —se preguntó—. ¿Acaso quiere eso decir que ha conseguido escapar? Si así fuera, entonces sí tendría sentido... Pero ¿por qué necesita tanto metal para la construcción de una única armadura? ¡Oh, por todos los dioses, tengo un terrible presentimiento! ¡Debemos impedírselo! —exclamó entonces muy asustada, llevándose las manos a la cabeza—. ¿Cómo es posible, Héctor, que sepas tú todo esto? ¿Es Keftiú quien te ha contado esta historia? ¡Él también estaba al corriente de la construcción de los Cuatro Laberintos, pero, al igual que yo, debía ignorar la ubicación de los mismos!

—Soy yo, y no Lyktos, quien ha descubierto dónde se encuentran los orfebres y herreros cretenses —aclaró el muchacho—. A través de una gruta marina que encontré por casualidad, buceando mientras buscaba esponjas marinas, hallé un pasadizo bajo el agua que va a morir justo a la entrada de algunas mazmorras. ¡Es a mí a quien los cautivos han relatado todo lo que os acabo de contar! Lyktos nada tuvo que ver con ello. Fui yo quien le hice partícipe de mi descubrimiento, y él, alarmado cuando mencioné el nombre de Glauco, dedujo que la construcción de los laberintos que él mismo diseñó en un pasado se encontraba allí. Mi misión, por tanto, era la de llevar esta embajada al rey y solicitar la ayuda necesaria para rescatar a los cautivos: necesitamos conocer la clave de los cuatro laberintos para que puedan escapar... Sin los herreros, Glauco no podrá construir su armadura. Yo me introduciré de nuevo en la gruta marina y les llevaré la clave.

–No podemos correr semejante riesgo –se opuso el secretario de inmediato.

–¿Y por qué no? –quiso saber Héctor.

–Glauco es demasiado astuto –replicó–. Si llegara a sospechar de cualquier maniobra extraña, nuestro plan fracasaría. Antes que nada, deberíamos saber exactamente qué es lo que Glauco pretende, cuáles son sus planes una vez construya esa armadura.

–¡No podemos esperar a saberlo! ¡Es urgente reaccionar con rapidez! –apremió Axos.

–Es verdad, el tiempo se nos agota cada día que pasa –apremió Héctor–. Los prisioneros llevan semanas trabajando. ¿Quién sabe si no habrán terminado ya su misión y Glauco se encuentre dirigiéndose en estos momentos hacia Creta al frente de una flota enemiga?

–¡Calma! –solicitó entonces la reina–. Necesitamos pensar con claridad, pero es obvio que debemos liberar a los cretenses cuanto antes. Bajo ningún concepto, repito, bajo ningún concepto deben terminar esa armadura.

–Pero ¿cómo lo sabremos? –protestó Héctor–. ¡No recuerdan nada de lo que hacen fuera de sus celdas! Y, si alguien puede detener los trabajos en la Gran Forja, ellos son los únicos en condiciones de hacerlo.

–Dices bien, muchacho –opinó el secretario–, y son por tanto dos los problemas que debemos resolver con urgencia: conocer la clave de los Cuatro Laberintos y recuperar la memoria de los cretenses.

–En ese caso, si el rey no se encuentra en palacio, es con Dédalo con quien deberíamos hablar. Él nos revelará las claves –argumentó Axos.

La reina, dirigiéndose hacia el gran mirador, dijo:

–Eso es imposible.

–¿Por qué? –preguntó Héctor–. ¿Quién sino él podría saberlas?

–Nadie más.

La respuesta de la reina sembró la confusión entre los teranos. A continuación, girándose hacia ellos, les anunció lo siguiente:

–Dédalo tampoco se encuentra... «disponible». El rey Minos ordenó confinarlo en el mismo laberinto en el cual se encerró al Minotauro. Mi esposo pensó que, de este modo, Dédalo no revelaría el doble secreto de sus construcciones: el laberinto del Minotauro y los Cuatro Laberintos en los que se recluyó a Glauco.

–¿Y qué ha sido del medallón en el que grabaron las claves? ¿Sigue en poder de Dédalo? –preguntó Axos.

–Me temo que sí –respondió ella apesadumbrada –. No creo que haya otra copia de ese medallón. Dédalo era el único depositario del secreto de los laberintos, ¡de todos ellos! Keftiú solo presentó cuatro proyectos por separado, y Dédalo se encargó de reunirlos en uno único. Si Glauco ha conseguido escapar de su prisión, no entiendo cómo ha podido suceder...

–A no ser que su tutor hiciera algo al respecto...–sugirió el secretario en ese momento.

–¿Qué estáis insinuando? –solicitó la reina.

–Bien recuerdo al mago Epiménedes... –dijo, afilando la mirada– Sus oscuros dominios en las artes mágicas nos crearon más de un problema cuando era tutor del joven Glauco. Es posible que de algún modo se hiciera con una copia del medallón o con el mismo secreto de las claves. ¡Nunca debimos fiarnos de él, y aquí tenemos la prueba!

La inesperada declaración cayó como un jarro de agua fría.

–Siendo así, se desvanece cualquier posibilidad de conocer la clave de los Cuatro Laberintos –dedujo Héctor con profundo abatimiento–. ¡Los cretenses no podrán escapar sin la ayuda de ese medallón!

–Tendrán que hacer uso de su ingenio... ¡No se me ocurre otra solución! Es cierto, no será fácil en absoluto –alegó la reina–. Sin embargo, no todo está perdido –añadió entonces, mirando a su secretario con ojos ilusionados–. Es posible que consigamos hacer algo por lo que respecta a la resolución del segundo problema; sé quién podría ayudarnos...

–¡Melampa! –exclamó el funcionario como si hubiera leído sin esfuerzo alguno en el pensamiento de la reina.

–¡Exacto! Melampa, nuestra sacerdotisa y maga.

–Pero ¿qué podría hacer ella al respecto? –replicó Axos algo desorientado.

–Preparar un antídoto –respondió esperanzada–. Acuden a ella muchos ancianos para recuperar la memoria que con los años se va perdiendo. He oído decir que son numerosos los que mejoran con sus pócimas.

–¡Pues a qué esperamos! ¡Solicitemos a Melampa su ayuda ahora mismo! –animó Héctor a los demás.

Finalmente, una chispa de ilusión brillaba en aquel apagado Salón de Audiencias. Los cuatro abandonaron la sala y se encaminaron hacia las habitaciones de la sacerdotisa, de quien esperaban obtener, al menos, el antídoto que permitiera recuperar a los cretenses la memoria.

7
Melampa, la única esperanza

Axos y Héctor acompañaron a la reina y a su secretario a través de corredores, propileos, patios porticados y amplias zonas palaciegas decoradas con bellísimos frescos pintados. Bajaron y subieron escaleras hasta el punto de que llegaron a pensar si no sería el propio palacio de Cnosos el mismo Laberinto del Minotauro, pues, de haberse perdido en él, no hubieran sabido encontrar la salida en el interior de un enjambre arquitectónico tan perfecto.

Supieron que habían llegado a las habitaciones de la sacerdotisa cuando advirtieron que un extraño olor inundaba el corredor por el que avanzaban, olor que se escapaba de los fogones de Melampa, impregnando todo lo que encontraba a su paso.

Al final de una rampa descendente, una cortina de lino se mecía suavemente invitando a traspasarla. El secretario se adelantó a la reina y la descorrió, abriéndole el paso.

El funcionario se dispuso a anunciar la presencia real:

–Su alteza, la reina, desea ver a la sacerdotisa del palacio de Cnosos –informó de este modo a una mujer enjuta que ordenaba numerosos cestos de mimbre apiñados en una estantería–. Dile a tu señora que salga de inmediato.

La mujer respondió mediante una muda reverencia, obedeciendo con humildad al funcionario. Depositó en el suelo los cestos que aún portaba en brazos y, acto seguido se adentró por otra estancia.

Poco después regresó.

–Ruego se acomoden en esta sala –les pidió con voz cansada, indicando la entrada a la misma–. La gran sacerdotisa llegará enseguida.

La estancia a donde les condujo la mujer era un lugar extremadamente particular. La habitación mostraba una decoración fascinante e inusual. Estaba pintada de un azul intenso y decorada con espléndidos dibujos de peces voladores, delfines, conchas de tritones y plantas marinas que abarcaban sus cuatro paredes. En el centro se levantaban dos columnas azules entre las cuales quedaba abierto un lucernario por el cual entraba un rayo de luz cenital, cuyo efecto luminoso era de una belleza única: la luz iluminaba la sala con suavidad, dando la impresión a los visitantes de encontrarse bajo las aguas observando el paisaje marino.

Héctor experimentó una sensación mágica y muy agradable al mismo tiempo, un ambiente tranquilizador que lo envolvió con sus luces y colores suaves y relajantes. Había algo familiar en todo ello, y es que aquella sala lo transportó a su adorada Tera, a sus fantásticos acantilados, a su tranquila vida como pescador de esponjas.

Cuando de pronto apareció Melampa, vestida con espléndidos colores azules y verdes, y su blanca melena ensortijada atada con perlas y pequeñas caracolas marinas, la imagen de una sabia mujer, de piel poco castigada por las arrugas y ojos llenos de vida, sobresaltó a todos por igual. Melampa no se dejaba ver con frecuencia, y la reina –aunque acostumbrada a su presencia en los actos religiosos oficiales– solía reaccionar siempre con cierta fascinación delante de aquella carismática mujer.

–¿Me buscaba mi reina? –preguntó con voz suave y pausada, al tiempo que se inclinaba ante su presencia.

–En efecto, Melampa. Necesitamos tu ayuda.

–Son estos los teranos, ¿verdad? –dijo entonces como si esperase tan solo una respuesta afirmativa.

Los gestos de asombro de los cuatro recién llegados fueron unánimes. De inmediato, la reina, un tanto molesta por lo que consideró fruto de simples chismorreos en un palacio como era Cnosos, repleto de servidumbre, artesanos, cortesanos y funcionarios, respondió a Melampa con tono enojado:

–¿Y cómo sabías que me encontraba solicitando audiencia a dos teranos y que vendría a tus estancias acompañada por ellos? ¡Yo no he anunciado a tu asistente su presencia, ni tan siquiera su origen!

–No necesito que nadie me cuente lo que circula por palacio –respondió Melampa, sin conceder demasiada importancia al comentario–. Me basta con mi intuición... Y si no me equivoco, vuestra presencia en un lugar tan recóndito de palacio es, sin duda, de la máxima urgencia.

–En efecto –confirmó la reina.

–Es de Glauco de quien habéis venido a hablarme, ¿cierto? –preguntó Melampa a continuación, sorprendiendo de nuevo a sus huéspedes–. En efecto, hay signos que no pueden negarse, y uno de ellos es el proceso adivinatorio del Dado de Hermes. Tal vez no debía haberlo intentado, y menos sobre el Disco del Destino, pero mis dudas eran demasiadas y necesitaba estar segura de mis recientes oráculos. Sé que está vivo... –concluyó, mirando a la reina con gesto grave.

La reina emitió un prolongado suspiro y luego fijó sus pupilas en las de Melampa, esperando encontrar en ella una actitud consoladora. En el fondo, se sintió aliviada sabiendo que Melampa conocía la angustia que la situación le provocaba.

–Sois conscientes de que no será fácil –habló Melampa, poniendo voz a los pensamientos de la reina.

–Lo sé –admitió ella–, por eso te ruego que nos ayudes. Necesitamos que prepares inmediatamente un antídoto para recuperar la memoria. Son muchos los que acuden a ti para solicitarte ese filtro y...

–La memoria... ¿de Glauco? –quiso saber Melampa, esperando concluir lo que parecía una frase a medias.

–No –respondió entonces Héctor, adelantándose–. La memoria de los orfebres y herreros que Glauco retiene en una gran caverna a la espera de que le construyan una armadura.

–¡Ah! ¿Eres tú, por tanto, el joven terano que participará en el acontecimiento final? ¡El destino parece que ha escogido a un valiente muchacho para hacerlo partícipe de tan arriesgada misión! De modo que se trata de la memoria de los cautivos de Glauco, ¡no la de Glauco! –exclamó con sorpresa, retomando el hilo de la conversación–. Confieso que esto sí que no me lo esperaba... –Suspiró con fuerza y dijo:– Disculpadme, pero tengo que hablar a solas con el muchacho.

–¿Cómo que a solas? ¡Necesito saber lo que el muchacho tenga que escuchar! –protestó la reina.

–No es mi intención contrariaros –se disculpó Melampa–, pero este joven tiene una misión que desempeñar. Antes o después, esperaba que acudiera a mí. Los oráculos llevan días confirmando este hecho, y será él quien precisará de mi ayuda para cumplirla. No obstante, desconozco muchos detalles que él tendrá que contarme, pero deberá hacerlo a solas –precisó.

La voz de Melampa, firme y resuelta, fue lo más parecido a una orden, no a una sugerencia.

–A solas –insistió la sacerdotisa acentuando el brillo de su mirada.

–De acuerdo, Melampa –consintió la reina–. Pero, cuando termines, envía de vuelta al muchacho a mis aposentos; quiero que me informe de lo que a partir de ahora tenga relación con Glauco.

–Serás puntualmente informada en ausencia del rey, tal y como establece la ley minoica –repuso Melampa, tomando a Héctor por el brazo y llevándoselo con ella.

Héctor se dejó hacer, y Melampa desapareció con el muchacho, cuya última mirada fue dirigida a su padre antes de abandonar la estancia. La reina Pasífae, el secretario y Axos se quedaron a solas en la antesala, rodeados de peces, caracolas y una luz envolvente que pareció transportarlos al fondo de los océanos.

–Sígueme, muchacho, y no te detengas –le pidió Melampa recorriendo un estrecho pasillo curvo repleto de estanterías llenas de viejos papiros enrollados.

Poco después, llegaban a una gran estancia cuyo interior llamó poderosamente la atención de Héctor. Se trataba del taller de Melampa.

A su derecha, había docenas de cestos de mimbre llenos de hierbas secas de distintas formas y texturas; otros cestos quedaban a los pies de las estanterías y estaban siendo atendidos por su ayudante, la mujer de paso lento y cansino que les había recibido al principio.

A su izquierda, Melampa había dispuesto numerosas orzas y pequeños cuencos en los que, con un escueto dibujo, había grabado el contenido de los mismos, casi todos ellos referentes a animales –patos, serpientes, ranas, búhos, cabras, pulpos, peces, caracolas marinas...– y a sus diferentes partes –ojos, patas, dientes, picos, vísceras...

En el centro de la habitación había una gran mesa en forma de media luna, recabada de un tronco de olivo encorvado. La luz que iluminaba el taller se filtraba a través de múltiples lucernarios situados en una bóveda semiesférica pintada de azul oscuro, semejando de este modo una clara noche estrellada. Extraños signos astrológicos cubrían una franja amarilla que rodeaba toda la pared de la cámara, y cada uno de ellos ocupaba por separado un ancho espacio. Cinco calderos de bronce de diversos tamaños, colocados al fondo del taller, dejaban escapar los vapores de sus extrañas cocciones que luego eran devorados por la boca de una chimenea. Y no muy lejos de allí, sobre una extensa cama de heno seco, había huevos de patos, gallinas, tórtolas y gorriones. Madera de distintos árboles, cortezas de fresnos, pinos, olivos, morteros de piedra y pequeños molinos de harina terminaban de cubrir los pocos espacios libres que aún quedaban.

Héctor no había visto nada igual en toda su vida. Su fascinación era absoluta. Se encontraba nada más y nada menos que en el taller de la sacerdotisa real del palacio de Cnosos, un lugar mágico y oculto a los ojos de todos; un lugar reservado a las miradas más escrutadoras; un sitio prohibido a otros magos, sacerdotes y adivinos. Y, sin embargo, en el interior de aquel extraño y fascinante mundo creado por esa mujer para la puesta en marcha de sus artes mágicas, adivinatorias y secretas, Héctor vio algo que le resultó muy familiar.

—¡Es el Disco del Destino! —exclamó nada más reconocerlo, aproximándose a los pies de la gran mesa y observando dos dados apoyados en su círculo central.

—¿Lo conoces? —se sorprendió Melampa. De la mesa recogió un par de serpientes de las muchas que reptaban silenciosamente por toda la estancia y se las enroscó con familiaridad en los brazos.

—Sí. Vi uno igual diseñado en el interior de la Gran Gruta de Hefesto, en una colina cercana al cráter de Tera —le explicó—. Pero este es mucho más grande —dijo mientras lo observaba—. El que dibujó Lyktos no dispone ni de la mitad de los signos que aquí veo.

—Keftiú, querrás decir... —corrigió ella.

—Sí... bueno —respondió Héctor, vacilante—. Pero, ¿cómo sabías que estaba hablando de él? —preguntó con aire fascinado.

–Porque yo misma le puse ese nombre cuando abandonó Cnosos, cuando nos dejó... Lyktos significa «el que abandona», «el que deja atrás el pasado». En efecto, él nos dejó hace mucho tiempo, pero ignoraba que hubiese ido a parar precisamente a Tera. También fui yo la primera en llamarle así, Keftiú, «cretense», cuando llegó por primera vez a Cnosos procedente de Egipto para trabajar como arquitecto real a las órdenes del rey Minos. Se habituó tan rápido a nuestras costumbres, nuestra lengua y nuestra cultura, que un día, bromeando, le llamé así y a él le gustó, adoptando el nombre a partir de entonces. ¿Presumo entonces que lo conoces bien?

–Sí, por supuesto –contestó con entusiasmo–. Somos amigos desde que tengo uso de razón.

–¿Y ha sido él quien te ha enviado hasta el palacio de Cnosos?

–Fue él quien insistió, así es. Realizó numerosos oráculos haciendo uso del Disco del Destino, si bien utilizó piedras de colores y no dados. Dijo que la piedra que me representaba en el disco adoptaba una posición similar cada vez que trataba de averiguar mi futuro, y que ello...

–significaba que habías sido elegido como emisario y embajador de una misión entre los hombres y los dioses –concluyó Melampa, siendo ella misma en terminar la frase del muchacho–. Fui yo quien enseñó a Lyktos el proceso de adivinación del disco, y yo misma he obtenido el mismo resultado desde hace casi un mes. Ahora que te conozco, Héctor, es necesario que me cuentes todos los detalles acerca de Glauco. Sé que ya sabes que sobre todos nosotros se cierne un gran peligro...

Sin temor alguno, Héctor procedió a relatarle tanto aquello que había visto con sus propios ojos como las declaraciones de los herreros cautivos. Le habló de las extrañas luces vistas en el cabo, de la conversación en la Sala de los Escudos. Pero, cuando mencionó a Epiménedes, el mago de Glauco, Melampa enrojeció de ira; comenzó a dar vueltas alrededor de la mesa y a pronunciar palabras extrañas y sin sentido alguno para Héctor.

–¡Ese megalómano sin escrúpulos! ¡El más innoble de los hombres que haya existido! –gritaba sin parar bajo la callada pero atenta mirada de Héctor–. ¡Es él el responsable de todo cuanto sucedió! Y peor aún: de lo que sucederá... ¡Escúchame bien, Héctor! Te daré el antídoto para los cretenses; eso no es ningún problema. Al fin y al cabo fui yo quien enseñó a Epiménedes a elaborarlo para que se lo ofreciera al príncipe Glauco. Creí que así podría aliviar su sufrimiento ante el terrible cambio que su cuerpo estaba experimentando, que olvidaría de este modo el objeto de sus pesadillas, terminando por aceptar las transformaciones que a diario aparecían como algo natural, cuando, sin embargo, se trataba de un hecho extraordinario, tremendo, cruel y brutal... Ahora compruebo que ese desalmado no hizo uso de ello y que incluso lo está utilizando para fines bien distintos. Conozco bien mi pócima –añadió–. Quien la esté tomando será incapaz de recordar nada de lo que haga bajo sus efectos. ¡No podemos perder un solo instante! –exclamó–. Pasemos, por tanto, a realizar el antídoto –dijo al mismo tiempo que se encaminaba hacia el corredor semicircular de la entrada, en donde comenzó a revolver entre los papiros de la estantería más cercana a la puerta.

De allí extrajo uno atado con una cinta blanca, lo desenrolló y leyó su contenido. A continuación, tomó un cuenco vacío y despejó la mesa de todo aquello que pudiera estorbar.

–¡Setaia! –llamó a su ayudante, quien de inmediato se presentó delante de la sacerdotisa–. Prepararemos una tinta especial. Disponte a seleccionar los siguientes ingredientes:

cuatro pedazos de mirra, tres higos secos,
siete huesos de dátiles frescos, siete piñones secos,
siete corazones de artemisa de un solo tronco,
siete alas de ibis jóvenes y agua de una caverna subterránea.

Bajo la estricta supervisión de Melampa, la mujer fue buscando y seleccionando cada uno de los elementos solicitados y depositándolos en el cuenco. Melampa removió todos los ingredientes, los machacó en un mortero de piedra, se acercó a las brasas y mezcló la pócima hasta obtener un líquido negruzco y denso. Después lo retiró del fuego y se lo llevó a la mesa. Allí tomó un papiro en blanco:

–Con esta tinta procedemos a escribir los nombres de los cretenses cautivos. Vete nombrándomelos según los vayas recordando.

–Pero ¡desconozco los nombres de todos ellos! –replicó él, un tanto angustiado.

–No te preocupes. Bastará solo con dos o tres –resolvió ella, tranquilizando al muchacho–, además de incluir el tuyo; tal vez puedas necesitar tú también el antídoto.

–Raukos y Temikos son los nombres de los artesanos que hicieron esta daga –comenzó así Héctor–; del resto no sé más que algunas de sus distintas procedencias...

–Será más que suficiente. –Y diciendo esto, volvió a mojar la punta del cálamo en la tinta caliente y copió las extrañas palabras escritas en el papiro que iba leyendo con rapidez–:

kaimbrasú chamgesú: sixiôphaiton Herpon Cnufi
kriphaitié niptumiai artosi bibioulé bibioulé,
siophé vousilai kasiokrú.

Depositó el papiro recién escrito en otro cuenco lleno de agua y, cuando la tinta comenzó a diluirse, Melampa lo sacó; no quedaba huella en él del escrito mágico ni de los nombres. Luego introdujo el agua negruzca en el interior de un pequeño frasco y lo taponó con un poco de cera.

Con voz firme y solemne, Melampa se dirigió a Héctor, diciendo:

–Este es el antídoto, Héctor. Con él los cretenses recobrarán cada recuerdo que Epiménedes les haya arrebatado. Debes disolver unas cuantas gotas en el agua de un odre y dárselo a beber. Que no se te olvide, Héctor: bebe tú también; te protegerá en caso de que caigas bajo los efectos de la pócima que hace perder la memoria. Glauco es uno de los seres más astutos que conozco, y Epiménedes ha sabido aprovechar con creces sus artes para hacer de él un ser «a su medida».

–¿Qué quieres decir? –solicitó Héctor ante las últimas y enigmáticas palabras de Melampa.

–Quiero decir que el ansia de poder de Epiménedes no se verá saciada hasta que no consiga hacer de Glauco el ser más temible de cuantos podamos recordar, y mucho me temo que está muy cerca de conseguirlo.

–¿Eso significa que tú tampoco sabes en lo que Glauco se ha convertido ni qué aspecto puede tener?

–Héctor, no creo que su aspecto te agradase lo más mínimo. Creo, por otra parte, que ninguno de los herreros estaría tomando la pócima si no fuera porque en verdad la necesitan tanto o más que el propio Glauco, a quien estoy segura que a estas alturas ya no le hace falta... Es muy posible que Glauco haya dejado de ser humano hace mucho tiempo... –añadió con profunda tristeza.

A continuación, Melampa enmudeció; observó que sobre el Disco del Destino caían dos pequeños rayos de luz procedentes de la parte más alta de la bóveda. Su semblante se revistió de un velo de preocupación mientras contemplaba con estupor cómo los dos puntos luminosos, procedentes de una gran constelación estelar, se clavaban en el centro del disco conformando una combinación astrológica irregular y poco frecuente. Con voz trémula y sin realizar ningún comentario acerca de la enigmática disposición astral, dijo:

–¡Debemos darnos prisa! La situación empeora cada momento que pasa, y, viendo el rumbo que están tomando los acontecimientos, tal vez sea más que prudente proveerte de alguna que otra ayuda adicional. Sí, lo juzgo razonable –se dijo, resoluta.

Por unos instantes, Melampa abandonó a su huésped y se internó de nuevo por el pasillo semicircular.

Héctor escuchó el sonido hueco de los papiros enrollados, mientras Melampa revolvía entre ellos. Poco después, se oyó una clara exclamación de alegría, seguida de los pasos de la sacerdotisa, que regresaba al taller.

–¡Esta servirá! Es vieja, pero tremendamente eficaz. ¡Veamos! –exclamó mientras leía el papiro un par de veces–. Sí, en efecto... *grasa y ojo de una lechuza, la pelota de excrementos de un escarabajo egipcio, un poco de aceite de mirra...* ¿Aceite de mirra? –repitió, rebuscando entre numerosas botellitas de vidrio–. ¡Por todos los dioses! ¡No queda más! ¡Setaia! ¡Necesito otro frasco!

Setaia, que, calladamente, había estado presente entre ellos hasta el momento, salió de la estancia y volvió, poco después, con lo que Melampa le había pedido.

–¡Aquí lo tenemos! –exclamó la sacerdotisa satisfecha, arrebatando el pequeño frasco de manos de la anciana–. Y ahora, mezclemos todo ello en el cuenco con un poco de agua, y, mirando hacia el cielo, recitemos lo siguiente:

*piorke phoiriketé ïor zitztotí aparxeouch
lailam ieôô naunaxitis atiais.*

Las palabras pronunciadas por Melampa resultaron de nuevo incomprensibles a oídos de Héctor, mientras Setaia permanecía serena e inmutable ante el conjuro que se estaba formulando.

Cuando Melampa hubo finalizado, introdujo la densa mezcla en otro frasco y lo selló a conciencia con un tapón de cera. No obstante, reservó un poco; tomó otro cuenco limpio, lo rompió estrellándolo con violencia contra el suelo y escogió entre todos los pedazos un trozo triangular, el cual aprovechó para pintarlo con la mezcla sobrante.

–Úntate sobre la frente esta tinta si te encuentras frente a un grave peligro –le dijo, dándole el pequeño frasco de piedra–. Pero, cuando este haya pasado, toma en tus manos este fragmento de cerámica y repite lo siguiente:

*astros y cielos, destruid toda pócima que vaya contra
mí, Héctor, porque yo os conjuro por los grandes
y terribles nombres ante los cuales se estremecen
los vientos y se quiebran las piedras al oírlos.*

Héctor escuchó con atención el conjuro mágico y repitió varias veces las palabras que Melampa había pronunciado, hasta que creyó haberlas memorizado. Melampa pronunció con él la práctica escrita y luego fue interrumpida por el muchacho, quien prosiguió sus palabras de este modo:

*...astros y cielos, destruid toda pócima que vaya contra
mí, Héctor, porque yo os conjuro por los grandes
y terribles nombres ante los cuales se estremecen
los vientos y se quiebran las piedras al oírlos.*

–¡Estupendo, Héctor! –exclamó Melampa más que satisfecha–. Ten bien presente que no debes olvidar ni una sola de las palabras aprendidas. En caso contrario, yo no estaré allí para ayudarte y podrías verte envuelto en un problema mayor.

–Pero, Melampa, ¿qué ocurrirá cuando haga uso de todo esto? ¿Qué debo esperar de estas pócimas? ¿Cómo me sacarán del peligro? ¿Cómo sabré dónde esconderme o cómo defenderme si me atacan?

—No te inquietes: lo averiguarás por ti mismo. Lo más importante es que no deberás hacer absolutamente nada una vez que te hayas untado la tinta en la frente.

Héctor, esgrimiendo un gesto de absoluto escepticismo, continuó mirando a Melampa con el frasco y el trozo de cerámica en las manos, sin comprender aún cuál sería el efecto de semejante conjuro.

Si alguien sacaba una daga afilada con intención de clavársela, ¿qué podría hacer él? ¿Untarse un poco de aquel ungüento negro y maloliente esperando disuadir así a su contrincante? De ser así, sí que se vería envuelto en un serio problema. ¿Y qué podría hacer aquella mezcla mágica contra el filo de una espada de bronce o de una flecha disparada por un arquero?, ¿frenarla en pleno ataque?, ¿en pleno vuelo?

—Comprendo que te resulte difícil de creer, pero te aseguro, Héctor, que no hay nada más eficaz, en caso de peligro, que esta pócima. Escucha, muchacho, y escúchame bien: este pergamino me lo proporcionó un anciano sacerdote procedente de una de las ciudades más antiguas y brillantes: Babilonia. Su receta procedía de la prestigiosa biblioteca de Ebla y fue copiada de la tablilla original, escrita en arcilla fresca. ¡No puede fallar! Yo misma he comprobado su eficacia y te aseguro que dejarás desorientado a cualquiera que intente agredirte.

—Si tú lo dices, terminaré por creerte... —repuso Héctor, esbozando una gran sonrisa que complació sobradamente a Melampa.

139

–En ese caso, creo que por mi parte no hay nada más que pueda hacer por ti –concluyó la sacerdotisa–. Será tu razón la que dicte cuándo y de qué forma utilizar las armas que te he entregado. Glauco y Epiménedes son hábiles y astutos, pero, sobre todo, muy peligrosos. No lo olvides. Mi magia podrá ayudarte yendo más allá, allí donde no alcancen tus capacidades mortales. El Disco del Destino, la lectura de los inciertos futuros en las conformaciones estelares, en el vuelo de los pájaros, en el comportamiento de las serpientes, los oráculos y augurios... Todo ello constituye un mundo oculto y difícil de interpretar. Pero, ahora, el fruto de siglos de experimentación está en tus manos. ¡Que la diosa Madre oriente tus decisiones e ilumine tus pasos! –exclamó entonces, elevando su mirada a la cúpula estrellada mientras acariciaba con ternura las serpientes enroscadas en su antebrazo.

La visita había finalizado.

Ayudado por Melampa, Héctor anudó las dos bocas de los frascos a una delgada cuerda de cuero, al tiempo que Setaia confeccionaba con destreza una pequeña red en donde introdujo el fragmento de cerámica.

Portando colgado al cuello el contenido de los conjuros mágicos, Héctor agradeció a Melampa sus consejos y se dispuso a abandonar aquel enigmático lugar, en donde todo parecía ser posible por increíble que fuese, como en los relatos de los míticos dioses creadores de los seres vivos y de todo cuanto en la Tierra existía.

–¡Espera un momento, Héctor! –lo retuvo Melampa antes de que abandonara el taller–. Debo decirte una última cosa. ¡Bajo ningún concepto reveles a nadie el contenido de los conjuros que llevas contigo! Seguramente la reina querrá saber lo que ha tenido lugar entre nosotros; es muy curiosa, ¿sabes?

–Entonces ¿qué debo responder cuando me pregunte?

–Di que portas antídoto suficiente como para hacer recobrar la memoria de todos los ancianos que pasan por el palacio en más de un año. Te creerá ella y te creerán los demás.

–¿Y el pedazo de cuenco?

–Responde que es un amuleto de la buena suerte. ¡Hay cientos de ellos confeccionados de mil maneras!

Héctor no pudo por menos que esbozar de nuevo una gran sonrisa. Melampa sabía cómo hacer las cosas. Era una mujer extraña, inteligente, misteriosa, pero, por encima de todo, fascinante. La confianza recíproca que se habían depositado desde un principio quedó reflejada en el cordial abrazo de despedida que se dieron antes de que Héctor abandonara aquel lugar y fuese conducido hasta las estancias de recepción reales, en donde la reina le estaba esperando.

8
La misión ha comenzado

Poco pudo sonsacar la reina Pasífae al hermético Héctor, cerrado como una ostra ante el interrogatorio al que fue sometido y obstinado en su empeño por llevar demasiado antídoto para tan pocos cautivos. Tampoco su secretario tuvo más éxito.

Delante de ella –sentada con solemnidad sobre un sencillo trono labrado en yeso, situado entre dos figuras pintadas con cuerpo de león y cabeza de pájaro–, Héctor no pudo ser obligado a confesar ni una palabra más de las ya dichas.

Melampa tenía razón; la reina se mostró muy curiosa y suspicaz, sobre todo teniendo en cuenta que el contenido de una visita tan dilatada se reducía a dos pequeños frascos y un trozo de barro cocido. Sin embargo, tal y como intuyó Melampa, más fácil de creer resultó hacer pasar el fragmento negruzco por un amuleto de la fortuna. Era lógico pensar que Héctor pudiera necesitar uno, dadas las singulares y especiales características de la misión que tendría que afrontar.

Una vez finalizada la visita, Axos y Héctor abandonaron el palacio y, aquella misma tarde, regresaron a la posada de Jasea.

Cuando llegaron al puerto, no se hablaba de otra cosa que de Tera. Su volcán seguía vomitando una chimenea de humo negro y caliente, y las malas noticias no reconfortaban a aquellos que deseaban regresar. Las últimas naves que habían zarpado de Akrotiri, rumbo a Amnisos, hacía poco que habían atracado en los sobrecargados muelles del puerto. Sus tripulantes se manifestaron poco optimistas pese a que no se habían vuelto a repetir nuevos terremotos. El puente de los gaulos venía cubierto por una fina capa grisácea, y sus velámenes, oscurecidos por el polvo y las cenizas volcánicas, se hacían fácilmente reconocibles a su llegada.

«Akrotiri está sepultada bajo un grueso manto oscuro; no hay más que decir», anunciaba con voz entristecida un mercader terano desde la proa de su embarcación.

Axos y Héctor escucharon con claridad el comentario poco reconfortante sobre la situación en la vecina isla.

–Al menos parece que han cesado los terremotos –manifestó Héctor, tratando de aliviar el tono dramático de las noticias y observando la espesa nube oscura sobre el horizonte.

–Sí, hijo, pero en estas condiciones será imposible volver a Akrotiri... ¡Es demasiado peligroso poner rumbo a Tera! Creo que deberíamos esperar a que el volcán amaine su furia y renovar las ofrendas religiosas; no parece que hayan bastado para calmar la ira de los dioses.

–Pero ¡qué dices, padre! ¡No podemos esperar! Tenemos que arriesgarnos. ¡No nos queda otra salida! Es posible que el cabo no esté...

–¡No, Héctor! –rehusó Axos, tajante, sin dejar que terminara de hablar–. El cabo Stomión estará igual de afectado que el puerto. ¡Incluso más, si me apuras! Sus colinas están situadas al mismísimo pie del cráter. Tal vez ni siquiera exista ya la antigua gruta del culto a Hefesto...

Héctor miró angustiado a su padre, ya que no pudo por menos que dirigir sus pensamientos hacia el anciano pastor. Sobrevoló con los recuerdos la humilde choza, el rebaño de ovejas y cabras recorriendo las laderas pedregosas, el viento fresco de Poniente, los ladridos de Zenón... ¡No podía fallarle a Lyktos! Además, necesitaba de sus consejos más que nunca, de sus oráculos arrojados sobre el Disco del Destino.

–Precisamente por ello, padre, hemos de regresar cuanto antes. ¡No podemos ni debemos esperar!

–¡Está bien! ¡Está bien! ¡No se hable más! –cedió al fin–. La verdad sea dicha: por más argumentos en contra que se me ocurrieran, no encontraría ninguno lo suficientemente sólido que te hiciera cambiar de opinión. Pondremos rumbo a Tera mañana mismo. *El Eltynia* zarpará al alba. Volvamos a la posada de Jasea y demos aviso a Dintros para que vaya reuniendo a la tripulación... ¡Y qué los dioses se apiaden de nosotros, que falta nos hará!

El gesto de satisfacción de Héctor no pudo ser más expresivo. Perdidos entre el tumulto de personas que envolvía una de las calles más frecuentadas del puerto, se hicieron paso entre la muchedumbre hasta llegar a la posada.

La misión de Héctor estaba a punto de comenzar.

Dintros se alegró al ver a Héctor y a su padre ya de vuelta del palacio de Cnosos. Su mirada expectante no necesitaba de más palabras; sabía que antes o después le harían partícipe del misterio que ambos custodiaban con tanto celo.

Salió a su encuentro cuando los vio cruzar el umbral de la puerta de la posada y, con voz ansiosa, los acribilló a preguntas:

—¿Y bien? ¿Cómo os ha ido? ¿Os recibieron en el palacio? ¿Puedo saber ahora qué misterioso asunto os traéis entre manos?

—Lo sabrás mañana, cuando al alba *El Eltynia* ponga rumbo a Tera —le anunció Axos—. Da aviso a nuestros hombres; es urgente que vayan preparando la nave para la travesía.

—¿Rumbo a Tera? —replicó Dintros con absoluto desconcierto—. ¡Por... por todos los tritones que habitan los mares! ¡Os habéis vuelto locos! ¡Tera se ha convertido en un infierno! ¿Es que no habéis escuchado las noticias de los últimos mercaderes que han llegado esta mañana al puerto? Allí solo quedan un puñado de locos. ¡No conseguiréis que la tripulación embarque con rumbo a la isla! ¡No podéis obligarlos en unas condiciones semejantes!

—No llegaremos hasta Akrotiri —respondió Héctor, adelantando un posible plan—. *El Eltynia* podría fondear al oeste, próximo al cabo Stomión, pero lo suficientemente alejado de él como para no exponer el casco de la nave a sus riscos. Ni *El Eltynia* ni ninguno de vosotros correréis peligro alguno.

—¡Prometo por la diosa Britomarte que en todos los años que llevo a vuestro lado no había visto nada igual!

¡En verdad os habéis vuelto locos! ¡Y tú, Axos! ¡Un hombre juicioso como tú! Sabes de sobra que lo que me estás pidiendo es un auténtico suicidio. Lo siento de veras –se opuso tajante–, pero no saldré de Amnisos ni moveré un solo dedo si ahora mismo no me decís qué está ocurriendo y por qué queréis volver a Tera con esta urgencia.

–Ya te he dicho que mañana durante el viaje sabrás por qué tenemos que regresar en condiciones tan desfavorables –repuso Axos, intentando tranquilizarlo.

–Y yo te repito que no me moveré de Amnisos hasta que no me aclares cuál es el verdadero motivo de una travesía tan peligrosa –insistió Dintros.

Axos sabía que si Dintros se obcecaba en permanecer en tierra firme, seguro que el resto de la tripulación seguiría su ejemplo, aunque se tratase de esclavos obligados a remar frente a cualquier contratiempo. Pero Axos necesitaba que sus treinta fuertes remeros transportasen de inmediato la nave hasta las costas teranas. Obligado a someterse a los deseos de Dintros, le cogió del brazo y se lo llevó fuera de la posada, evitando así las miradas y los oídos demasiado atentos a las novedades.

–Ante todo, Dintros, has de saber que es de vital importancia mantener en secreto el objeto de esta conversación –le susurró Axos con voz grave–. De no ser así, podríamos hacer peligrar el futuro de todos nosotros.

Dintros prometió por todos los dioses que ni la misma diosa Pandora sería capaz de sonsacarle ni una sola palabra de lo que le fuera revelado. Los tres se fueron caminando por el puerto en dirección a *El Eltynia,* y, cuando subieron a bordo de la nave, Héctor y Axos ya le habían puesto al corriente de una buena parte de los pormenores y los futuros planes a seguir. Allí prosiguieron hablando.

A medida que los escuchaba, el rostro de Dintros se fue cubriendo con un gesto tenso y sombrío, y terminó por comprender la actitud seria y reservada que tanto Axos como Héctor habían mantenido desde que zarparon de Akrotiri con rumbo a Amnisos. Apostados en la popa de la nave, Dintros dirigía ahora su mirada hacia el horizonte sobre el que se alzaba una inquietante columna de humo en la lejanía, mientras Héctor le narraba la entrevista mantenida con la reina, así como la transcurrida en el taller de Melampa, claro está, esta última muy cercenada por el contenido secreto que la sacerdotisa le había rogado mantener.

Dintros, incapaz hasta ese momento de reaccionar ante tales excepcionales noticias, comenzó a atar cabos sobre el asunto y ofreció sus primeras opiniones.

–¿Y qué harás entonces sin la clave de los laberintos? ¿De qué servirá recuperar la memoria de los cautivos si no podréis salir con vida de allí? Pero ¿os dais cuenta de que las posibilidades de éxito son mínimas? El rey debe regresar cuanto antes y alertar a toda la flota disponible para acabar con Glauco. Me parece una locura dejar en manos de un muchacho de apenas catorce años una cuestión de extrema gravedad como es esta, y lo digo, no por el hecho de que seas demasiado joven –quiso aclarar–, sino porque estoy convencido del fracaso de tu misión.

–¿Se te ocurre otra idea mejor? –solicitó Axos expectante.

–Se me ocurre la única que veo factible –dijo–: lanzar toda la flota cretense contra el cabo Stomión. Antes o después, Glauco saldrá de su guarida...

–Perdóname, Dintros, pero creo que tu plan no serviría absolutamente para nada –objetó Héctor–. Nadie conoce en verdad cuáles son las intenciones de Glauco. Si pretende atacar al rey Minos, ¿cómo lo hará?, ¿por mar?, ¿lo hará él solo o acaudillando las naves mercenarias fenicias? ¿Para qué necesita una armadura, y por qué solo él y no el resto de sus hombres? ¿Cuánto mide en realidad? Pero ¿es que no te das cuenta? Necesitamos más información. Necesitamos que alguien se infiltre en las celdas y consiga desbloquear la memoria de los cautivos. De la suerte de ellos, no podemos hacer otra cosa que confiar en los augurios, a falta de las claves del medallón. Lyktos, la reina y la propia Melampa juzgan que lo más importante es impedir que terminen la maldita armadura, y cada día que pasa, cada puesta de sol que vemos, cada amanecer que lo precede es tiempo que juega a favor de Glauco y tiempo que nosotros perdemos. Lo que está claro es que la construcción de esa armadura es fundamental para él. Ha puesto demasiado empeño en el robo de tanto metal, y lo que suceda dependerá o no de su construcción.

–El chico tiene razón, Dintros –declaró Axos–. De nada vale intervenir si desconocemos al enemigo contra el cual tendremos que enfrentarnos. ¡No podemos lanzar una ofensiva sin antes saber todo ello! El propio rey Minos necesitará elaborar una estrategia de ataque; será preciso informarle de cuántos hombres dispone Glauco, de cuántos gaulos y galeras. Pero, sobre todo, del tamaño y la fuerza destructora que Glauco sea capaz de desarrollar...

–Y aún no hemos conseguido responder a ninguna de estas preguntas... ¡Ni siquiera los propios cautivos pueden hacerlo! –exclamó Héctor–. Si no entro de nuevo en la gruta y averiguo lo que está ocurriendo, es muy probable que ese terrible destino que vaticinan todos los oráculos termine por cumplirse. ¡Debemos evitar el desastre! –concluyó enérgico.

Dintros se sentía incapaz de dar con un plan diferente del ya perfilado por Axos y su hijo.

El griterío del puerto había ocultado cada uno de los argumentos expuestos, y los transeúntes paseaban ajenos a la existencia de un Glauco muy diferente del que recordaran en manos de la reina Pasífae cuando lo mostró a su pueblo el mismo día de su nacimiento.

Sobre la ciudad comenzaron a llover finísimas partículas de polvo grisáceo. El viento había cambiado de dirección, tomando rumbo sureste, y arrastraba con él la nube de cenizas, llevándola hasta las costas de Amnisos.

Héctor extendió al aire las palmas de las manos abiertas y vio cómo sobre ellas se depositaban algunas pavesas, sobre esas mismas manos en cuyas líneas el anciano ciego leyera un augurio tan nefasto, precisamente en aquel muelle en donde encontrara al mendigo tiempo atrás.

–Antes de que anochezca tendrás a la tripulación lista para partir con las primeras luces del alba – acordó Dintros con voz grave mientras se sacudía del pecho y la cabeza la ceniza recién caída–. Justificaremos a los hombres nuestro regreso diciendo que tenemos que vaciar los almacenes de Akrotiri antes de que perdamos lo que aún queda allí. Tenemos un depósito entero de ánforas repletas de aceitunas, aceite y vino. Sería una verdadera lástima echar a perder una mercancía tan valiosa.

–¡Gracias, Dintros! –exclamó Axos, propinándole una buena palmada sobre la espalda–. Tu explicación es la más convincente de cuantas pudieran ofrecerse. La tripulación no sospechará nada.

Dintros, tendiendo sus pensamientos hacia la isla envuelta en una nube sombría, asintió en silencio con un golpe de cabeza.

–Me temo que ese endemoniado volcán no esté dispuesto a darnos ni un día de tregua... –dijo Axos.

–Eso parece –admitió Dintros con gesto grave–. Sin embargo, si el viento del norte continua soplando todavía mañana por la mañana, será muy difícil navegar en estas condiciones, ¡por no decir imposible! –añadió observando con preocupación cómo la superficie del agua se iba cubriendo lentamente con el finísimo velo gris que llegaba de la isla.

–Confiemos en que cambie de aquí al amanecer. Partiremos al alba, como teníamos previsto, aunque tengamos que volver forzando a la tripulación a remar hasta llegar a Tera.

–¡Qué los dioses no lo quieran! –exclamó Dintros.

A continuación, los tres abandonaron la nave. Poco después, la muchedumbre los ocultó entre el gentío del puerto, mientras se encaminaban de vuelta a la posada de Jasea dispuestos a iniciar una misión casi suicida: poner la proa de *El Eltynia* rumbo a Tera.

Estaba a punto de amanecer. Jasea depositó una fuente de comida sobre una mesa cercana a Axos y Dintros, que estaban terminando de preparar sus cosas para la inminente partida. Ninguno había dormido demasiado y, a la luz de la lucernas de aceite, sus ojeras se acentuaron.

–Yo que vosotros daría todo por perdido –le aconsejó Jasea, resoluto–. Arriesgarse en estas condiciones me parece impropio de comerciantes y marinos expertos como vosotros. ¡Nadie sabe qué sucederá ahora que el volcán ha entrado en actividad! ¿Y si os sorprende otro terremoto en medio del puerto o un río de lava sepulta la ciudad...?

–¡Oh, Jasea! Evidentemente son muchos los imprevistos que pueden presentarse –respondió Axos, interrumpiendo el discurso catastrofista de su amigo–. Hemos decidido vaciar los almacenes, y así lo haremos. ¡No creo que sea tan extraño que pretendamos recuperar el fruto de nuestro esfuerzo! –argumentó así–. Por de pronto, ya hemos perdido nuestras casas, y reconstruir Akrotiri será un esfuerzo enorme, ¡si es que aún es posible! Necesitamos salvar aquello que todavía se pueda recuperar –añadió.

–Tienes razón –admitió Jasea–. Mirándolo desde ese punto de vista, tal vez muchos harían lo mismo. Pero yo no arriesgaría la piel ni en el mejor de los casos. Vivo, se puede reiniciar el negocio en otro sitio; pero muerto... –concluyó, dando media vuelta y llevándose al almacén algunas jarras de aceitunas.

Por unos instantes, las palabras juiciosas de Jasea hicieron mella en quienes las habían escuchado. Sin embargo, Axos no dudó en rectificar el timón de sus pensamientos cuando vio aparecer a Héctor dispuesto a partir.

–Ya estoy listo –anunció, echándose la mano al pecho y asiendo con fuerza los frascos y el fragmento negruzco del cuenco.

—En ese caso, antes de marcharte te aconsejo que comas algo de fruta de esa fuente —dijo Axos, dirigiéndose ya hacia la puerta en compañía de Dintros—. Te estaremos esperando en el muelle.

Poco después, Héctor abandonaba también la posada y corría por las calles solitarias de Amnisos hasta alcanzar las playas abarrotadas de navíos, cuyos cascos se balanceaban suavemente sobre las aguas.

Cuando llegó al embarcadero en donde se encontraba atracado *El Eltynia*, un alba rojiza y violácea pintaba el cielo con sus colores irreales. La lluvia de ceniza había cesado. Sin embargo, la inquietante columna de humo seguía aún visible en el horizonte como un fatídico augurio de muerte. Afortunadamente, la brisa de levante facilitaba el zarpar con vientos favorables.

La tripulación aguardaba ya a bordo de *El Eltynia*. A pesar de que pocos hombres aceptaron de buen grado el nuevo destino, Axos y Dintros habían conseguido reunirlos a todos bajo la seria advertencia de ser revendidos en caso de negarse a embarcar.

Dintros y Héctor desataron los correajes de la verga mientras otros dos tripulantes se disponían a levar el ancla con la efigie de la gaviota esculpida sobre la piedra.

Desde el puente de mando y con voz potente, Axos gritó:

—¡Rumbo a Tera, marineros! ¡Que el propio dios Poseidón se aleje de nuestra ruta y la diosa Britomarte proteja nuestro viaje ahuyentando cualquier tipo de infortunio!

Y con esta invocación, *El Eltynia* abandonó lentamente el puerto, bajo un silencio interrumpido solo por el chasquido de los remos al golpear con precisión la superficie del mar en calma. Más tarde, su vela blanca se alejaba de las costas cretenses y bordeaba por levante la isla de Día hasta adentrarse en alta mar y hacerse imperceptible en el horizonte. Atrás quedó la luna brillando con intensidad sobre el perfil del monte Ida, aún sumergido en la noche.

El Eltynia se encontraba ya a poca distancia de Akrotiri.

La tripulación mantenía la mirada fija sobre el cráter, cuya columna de denso humo había disminuido de modo apreciable. Sobre el mar flotaban numerosas piedras volcánicas, muy ligeras y de color grisáceo, llenas de burbujas aún calientes que el agua enfriaba con rapidez. Chocaban con suavidad contra el casco del gaulos, y luego los rizos de espuma salada las envolvían y arrastraban hasta hacerlas desaparecer tras la estela dejada por el navío.

Las laderas de los montes cercanos al puerto vestían un manto gris, tal y como habían descrito los últimos marineros y mercaderes llegados a Amnisos. La misma Akrotiri se hacía irreconocible a esa distancia; sus casas, pintadas de azul celeste, rojo, ocre y blanco, ya no deslumbraban con sus intensos y vivos colores a ningún barco próximo a sus costas, y la ausencia de grandes embarcaciones imprimía un aspecto inhóspito e inusual a su floreciente puerto.

Héctor y Axos aferraban con fuerza los dos remos del timón, mientras observaban la isla como si fuera la primera vez que llegaban a ella; su aspecto era absolutamente irreconocible. Los muelles estaban desiertos y no se veía a nadie trabajando en el astillero situado al oeste del puerto; las cuadernas ya montadas de algunas naves en construcción parecían las costillas descarnadas de enormes tiburones o ballenas varadas.

Cuando *El Eltynia* entró en el puerto, fue recibido con gritos de júbilo por los últimos moradores de Akrotiri. Lyktos se encontraba entre ellos, acompañado de Zenón, que no dejó de ladrar desde que presintió el arribo de la nave en la lejanía y terminó lanzándose al agua hasta alcanzar el casco del barco, ya próximo a la playa.

Héctor fue el primero en desembarcar para dirigirse al encuentro con Lyktos, a quien abrazó con fuerza nada más llegar:

–¡Oh! ¡Es un milagro que aún estéis vivos! –exclamó Héctor, estremecido ante el desolador espectáculo que le rodeaba–. Dime, Lyktos: ¿y tus rebaños? ¿Qué ha sido de ellos? ¿Por qué Zenón no está cuidándolos?

–Hice caso a tu padre y los embarqué con el resto de los animales. Estaban aterrorizados y hambrientos; se pasaban el día balando y ya no tenía con qué alimentarlos. Las laderas se cubrieron de cenizas, y los pocos pastizales de las montañas se han perdido. Las abejas hace días que han desaparecido y sus colmenas están vacías. No queda nada allá arriba por lo que merezca la pena sacrificarse. Pero ahora eso ya no importa... –dijo, cambiando el tono agitado de su voz y dibujando una expresión de esperanza en la mirada–. En cambio, cuéntame, Héctor, ¿qué ocurrió en Cnosos? ¿Conseguiste la clave de los Cuatro Laberintos?

–No –se limitó a responder, desviando la mirada hacia el cráter–. Dédalo está prisionero en el Laberinto del Minotauro por orden real expresa, o, cuanto menos, eso fue lo que nos comunicó la reina Pasífae. El propio rey Minos se encuentra navegando por aguas desconocidas, hacia poniente, y no saben cuándo regresará a Creta. Esperar su vuelta parecía absurdo, dada la urgencia de intervenir cuanto antes.

Las noticias de Héctor sumieron a Lyktos en un mar de preocupaciones. La situación era peor de lo que habría podido imaginar.

–¡Terrible castigo el que le ha sido impuesto a Dédalo por guardar el secreto de los laberintos! Salió él peor parado que yo. ¡Que los dioses nos asistan! –exclamó afligido, elevando sus brazos al cielo. Luego, su rostro se cubrió con una expresión sombría–. Eres consciente, Héctor, de que, sin las claves grabadas en el medallón, los prisioneros no conseguirán escapar con vida. ¿Lo sabes, verdad...?

–Lo sé –asintió Héctor–. Sin embargo, conseguí la ayuda de Melampa –añadió con un brillo en la mirada–. La reina nos aseguró que ella era la única que podría ayudarnos, que conocía un antídoto eficaz contra la pérdida de memoria de los cautivos. Melampa realizó en mi presencia las pócimas que aquí llevo –dijo mostrándole los frascos.

Lyktos los observó con cierta familiaridad. Héctor tuvo la extraña sensación de que los reconoció nada más verlos. ¿Quién sabe? Tal vez el grato recuerdo que el nombre de Lyktos había suscitado en Melampa se debiera al hecho de que el antiguo arquitecto de palacio supiese de sus artes mágicas más de lo que Héctor imaginase... Luego, tomando el pedazo de cuenco encerrado en la malla de cuero, preguntó al muchacho:

–¿Y esto...? ¿Es también una pócima?

–Es un amuleto... –respondió Héctor sin ofrecer más detalles.

–De la buena fortuna, ¿verdad? –añadió Lyktos con cierto tono de complicidad.

–Exacto, de la buena fortuna... –contestó Héctor, devolviéndole su mismo gesto.

–Entonces, dirijámonos cuanto antes al cabo Stomión –dijo Lyktos esperanzado–. Si es esto lo que Melampa ha podido hacer, estoy seguro que será de gran ayuda.

–¡Esperadnos! –gritó Axos después de dar las últimas órdenes a los tripulantes y acudiendo al encuentro de Héctor y Lyktos, acompañado de Dintros–. Os harán falta un par de buenos marineros: nosotros dos remaremos hasta el cabo –dijo–. Así Héctor no agotará sus fuerzas inútilmente.

–Lo juzgo oportuno –convino Lyktos, saludando a los recién llegados.

De este modo, los cuatro embarcaron en una pequeña *kymba* amarrada en el mismo muelle, al lado del gaulos, y abandonaron el puerto con la excusa de dirigirse a buscar más refugiados avistados por Lyktos en una playa próxima al cabo Stomión.

–¡Más! ¡Todavía un poco más! –gritaba Héctor para que aproximaran la barca lo más cerca posible de la gruta marina. Sobre las aguas flotaban decenas de piedras volcánicas, ligeras como la propia espuma del mar, pero que entorpecían la visión bajo el mar de los riscos cortantes.

–¡Por todos los tritones! –protestó Axos mientras seguía remando a las órdenes de Héctor–. ¡Cómo te arriesgaste a adentrarte hasta aquí! ¡Esto es un infierno de escolleras!

–¡A la derecha, padre! ¡No tanto, no tanto...! ¡Cuidado, Dintros! ¡Recto y luego un poco más a estribor...!

Cuando por fin alcanzaron el punto que Héctor estimó más cercano a la gruta, el muchacho hizo señas de detener la *kymba*. Fondearon allí mismo, justo enfrente de los acantilados verticales, en un lugar peligroso e inquietante, salpicado de riscos afilados como puñales; las rocas eran batidas por el chasquido espumoso de los rompientes y el eco incesante de los rugidos que llegaban del cráter en erupción.

El graznido de las gaviotas que anidaban en los entrantes rocosos del cabo había desaparecido. Las aves habían abandonado la isla días atrás, como la mayoría de los pájaros que la habitaban.

Héctor arrojó el ancla al mar, una gruesa piedra agujereada atada a una cuerda trenzada. Luego, se giró y recorrió con la mirada los ojos expectantes de los demás.

–De poco ya te servirá mi ayuda, muchacho –se apresuró a decir Lyktos–. En estas condiciones, ni siquiera podré volver a la choza y seguir el paso de los acontecimientos sobre el Disco del Destino.

–Estoy seguro que Melampa lo hará por ti –le respondió Héctor–. Apuesto lo que sea a que no dejará de hacerlo ni un solo momento.

–No me cabe la menor duda –dijo–. Antes de que saltes al agua, Héctor, desearía que no olvidaras lo que te he dicho desde que salimos del puerto: cada uno de los Cuatro Laberintos dispone de su propia clave. ¡Recuérdalo! Es muy importante que se lo transmitas a los cautivos cretenses.

–¡Quién sabe! –exclamó Dintros esperanzado–. Puede que descubras otra entrada secreta por donde podáis escapar todos juntos, tal vez la misma que utilizaron los fenicios para entrar y salir con sus barcas.

–Es posible, Dintros –convino Axos–, pero necesitamos algo más que rescatar a los prisioneros de Glauco. Héctor tiene que obtener más información, y eso, hijo, es lo que debes conseguir, cueste lo que cueste –dijo, mirándolo fijamente a sus grandes ojos verdes–. ¡Oh, Héctor! ¡De buena gana iría yo en tu lugar si supiera bucear como tú!

–¡Regresaré victorioso, padre! ¡No os preocupéis por mí! –exclamó con optimismo–. Rescataré a los prisioneros y podremos informar al rey Minos de todo lo que está ocurriendo allí dentro. Glauco será derrotado, y con él todos sus servidores. Vosotros mantened a *El Eltynia* fondeado delante del puerto de Akrotiri, listo para zarpar en cuanto nos veáis regresar.

–Así lo haremos, hijo.

–Sé prudente –le recomendó Dintros, animado por la energía y vitalidad que Héctor estaba demostrando–. ¡Que los dioses te protejan y velen tus pasos!

–Sí, muchacho, ¡que todos los dioses velen por tu misión! –añadió Lyktos, fundiéndose con Héctor en un prolongado abrazo de despedida.

A continuación, Héctor se apresuró a saltar de la barca y desapareció en pocos instantes bajo las aguas profundas y oscuras del cabo.

Invirtió poco tiempo en alejarse de la *kymba*. Axos siguió la caderna de burbujas que afloraban en la superficie, hasta que estas se perdieron en el reflujo espumoso de las olas chocando contra las piedras volcánicas y los riscos cercanos. Dintros y Lyktos escrutaron las aguas con ansiedad, si bien para entonces el rastro de Héctor ya se había perdido.

Ahora Héctor se encontraba solo frente a sus decisiones. No contaría con su padre, ni con Lyktos, ni con Melampa para resolver los problemas que se le fueran presentando. Aferrado a los frascos y al pedazo de cerámica, elevó una plegaria a los dioses mientras buceaba con rapidez hacia la entrada de la gruta marina, que ya había localizado entre unos salientes rocosos y verticales cubiertos de algas y bancos de anémonas.

La temperatura del agua había subido de forma considerable desde la última vez; las chimeneas que escupían gases y humo se multiplicaban por todos lados a su alrededor. Apenas encontró algún que otro pez, cuando antes abundaban los bancos de besugos y peces voladores nadando por aquellas aguas. Solo las praderas de algas espesas, las anémonas y los corales permanecían allí, prisioneros, mecidos por la cálida marea, sin posibilidad alguna de escapar en busca de aguas algo más frescas.

Conociendo la existencia de la corriente que lo arrastró hasta la caverna, Héctor permaneció ingrávido delante de esta a la espera de ser transportado por el río submarino hasta cruzar la boca oscura de la gruta. Sintió entonces el calor del agua sobre sus pies y, hundiéndose levemente, se dejó arrastrar por la fuerza de la corriente. Cuando quiso darse cuenta, se encontraba de nuevo en la antesala que ya descubriera tiempo atrás. Pero, de pronto, la velocidad de la corriente marina se aceleró de golpe. Héctor comenzó a nadar en dirección contraria, procurando aferrarse a las piedras lamidas y viscosas cubiertas de algas de intensos reflejos irisados que habían proliferado por toda la cueva de manera increíble. Quiso asirse a ellas, si bien sus dedos resbalaban una y otra vez al intentarlo. Trató, sin éxito, alcanzar el pasadizo que había encontrado la vez anterior, para acceder así al pequeño embarcadero emplazado muy cerca de las celdas. No pudo evitar ser arrastrado por la fuerza del agua que esta vez lo condujo a un nuevo túnel, envuelto en un manto de algas inertes que nadaban a merced del río caliente.

Héctor vio llegado su fin. En un momento de máximo peligro como era ese, no pudo siquiera hacer uso de la pócima de Melampa. ¡Era del todo imposible abrir el frasco en semejantes condiciones! El pánico se apoderó de él, así como la desilusión de ver fracasada y finalizada su misión sin haber conseguido siquiera llegar hasta la celda de los cretenses.

¡Todo su esfuerzo arrojado por la borda! ¡Todas las esperanzas cercenadas! ¿Qué sería de ellos si ahora él no conseguía vencer aquella fortísima corriente que estaba agotando sus fuerzas?

Héctor lloró, implorando en todo momento la ayuda divina; cada vez perdía más el control de su exigua respiración.

Fue arrastrado por la fuerza arrolladora del torrente marino mientras su cuerpo quedaba atrapado en una maraña de algas, hasta que se golpeó la cabeza contra una roca y perdió el conocimiento.

–¡Vaya, vaya! ¡Lo que acabamos de pescar! –pudo oír Héctor a duras penas, sintiendo que la cabeza le iba a estallar de un momento a otro. Se encontraba medio sepultado bajo una espesa montaña de algas refulgentes, de la cual afloraban tímidamente su cabeza y una pierna.

La corriente lo había arrastrado al interior de otra nueva caverna en la que había más gente. Instantes más tarde, Héctor clavó su mirada en lo que no podía ser otra cosa que el fruto de una mala pesadilla: el desagradable rostro de Pirantros, marcado con la profunda cicatriz, no hacía otra cosa que taladrarlo con un gesto inquisitivo. Luego, escuchó su voz con aquel fuerte acento fenicio que recordaba de él.

–¡Ja, ja, ja! Se lo daremos a Glauco como parte de su comida. ¡Eh! ¿Qué os parece? –rio Pirantros, retirándose el sudor de la frente.

–¡Buena idea! Un poco de carne fresca de vez en cuando no hace daño a nadie... pese a que solo coma esta bazofia de algas crudas –añadió Itanos, el rodio–. Y, si no le gusta, se lo venderemos como esclavo a los sacerdotes sirios para que se lo ofrezcan en sacrificio a Baal.

Aquel lugar olía a pescado podrido, peor que una factoría de salazones fenicios. Numerosos hombres amontonaban centenares de algas que la corriente transportaba y habían quedado atrapadas en el interior de varias redes cruzadas.

El mismo brillo de las algas hubiera bastado por sí solo para iluminar la cueva en donde ardían varias antorchas que alumbraban aquella descomunal despensa de alimento. El calor y la humedad eran insoportables y ayudaban a descomponer rápidamente las algas almacenadas.

Por unos instantes, Héctor cerró los ojos con la esperanza de desaparecer de aquel sitio como por arte de magia. Cuando de nuevo los abrió, comprobó que el fenicio seguía allí, taladrándolo con su mirada intensa y profunda, hasta que se decidió a tirar con brusquedad de su pierna para arrastrarlo fuera de la montaña de algas frescas.

–Es joven, sí, muy joven –observó el fenicio– ¡Mejor para Glauco! Le encantan las sorpresas de este tipo.

Poco después, Pirantros mutó su gesto burlón por otro duro y malencarado, y, levantando a Héctor del suelo como si no fuese más que una ligera madeja de lana, pasó a interrogarlo con su voz ronca y ajada.

–¡Eres un espía! ¡Sé que eres un espía! Nadie hubiera llegado hasta aquí sino siguiendo nuestras galeras. ¿Ves, Istrión cómo yo estaba en lo cierto?

El miedo se apoderó de Héctor. Aquel hombre daba la impresión de querer devorarlo, al igual que de seguro hubiera hecho una sirena en una situación semejante.

Poco después, se escuchó otra voz potente y autoritaria que paralizó cualquier acción que Pirantros tuviera intención de realizar.

–¡Basta ya! –gritó un hombre alto, delgado y enjuto, entrando en la caverna–. ¡Traédmelo de inmediato!

El gesto áspero de Pirantros se acentuó al recibir la orden del recién llegado, pero la cumplió: depositó a Héctor en el suelo y se lo llevó ante él a empujones.

–Lo hemos encontrado oculto entre las algas –le informó el rodio, restregándose de nuevo el sudor.

El hombre escudriñó al muchacho como si fuera un extraño ser. Sus ojos buscaron la esquiva mirada de Héctor, quien se obstinaba en mantenerla apartada del enigmático personaje.

–¡Vamos, responde! ¿Cómo has llegado hasta aquí? ¿Has seguido a nuestros barcos? ¿Qué sabes de este sitio? ¿Quién te envía?

El interrogatorio no parecía tener fin. Héctor, aún aturdido por el golpe y cubierto de algas, era incapaz de seguir con lucidez cada pregunta que le formulaba.

–Nadie me envía... –respondió al fin, tratando de frenar la insistencia del hombre–. Buscaba esponjas marinas en los escollos del cabo Stomión... Soy pescador y vivo en Akrotiri... Vi un banco enorme de ellas a gran profundidad. Cuando bajé a recogerlas, una corriente submarina me arrastró y me introdujo en una caverna. Luego me golpeé la cabeza... ¡no sé! Imagino que fue contra una roca... No recuerdo nada más.

–Sabes que eso no es cierto –replicó el hombre, mutando de golpe el tono áspero y autoritario de su voz por otro más suave y complaciente–. Ningún pescador de esponjas se arriesgaría a bucear en unas condiciones como estas; el volcán arroja cenizas y piedras desde hace días, y todas las naves han abandonado la isla. ¿No te parece un tanto extraño pescar esponjas en semejantes circunstancias?

–Lo que me parece es que parece estar demasiado bien informado para vivir aquí dentro, encerrado en tan extraño lugar –le respondió Héctor, desafiante.

–¡Oh! ¡Vaya, vaya! –exclamó el hombre con aire sorprendido–. ¿De modo que te gustan los juegos de palabras? Bien, bien... Pues siendo así, me «parece» que a Glauco también le «parecerá» divertido... –Y a continuación lanzó una carcajada al aire, secundada por Pirantros, Istrión y el resto de los hombres allí presentes.– ¡Lleváoslo y encerradlo en una mazmorra! –ordenó luego–. Más tarde lo interrogaré.

–Me encargaré yo mismo, Epiménedes.

Al oír aquel nombre pronunciado por Pirantros, Héctor se volvió de inmediato hacia el mago.

¡Epiménedes! ¡Estaba delante de Epiménedes! De haberlo sabido, tal vez se hubiera echado a temblar, y, sin embargo, había osado desafiarlo en un absurdo juego de palabras. Afortunadamente, las algas que todavía cubrían su cuerpo habían ocultado su puñal, así como las ayudas de Melampa.

¿Quién sabe qué hubiera sido de ellas de haberlas descubierto el mago?

Héctor acababa de conocer al enigmático personaje que había estado cincelando a Glauco desde que nació. Y mientras era conducido a empujones por Pirantros fuera de la caverna, Héctor no dejaba de mirar hacia atrás, irremediablemente fascinado y atraído por el carisma de aquel hombre.

–¡Epiménedes! ¡Era Epiménedes! –se repetía Héctor una y otra vez mientras avanzaba con paso irregular y desmedido por un ancho corredor salpicado de mazmorras.

Durante el trayecto reconoció de pasada a los primeros cautivos que vio y de los que desconfió en un principio. Su fugaz encuentro, acompañado de su carcelero, fue más que suficiente para ver en sus rostros abatidos naufragada la última esperanza de salir de allí con vida.

Pirantros se adelantó al muchacho. Luego, se detuvo delante de una celda pequeña y vacía, la abrió y le propinó al chico un último empellón. Acto seguido, cerró la reja y desapareció sin decir palabra.

Héctor aprovechó para liberarse de las algas que aún le colgaban por el cuerpo y se acurrucó en una esquina de la mazmorra. Cerró los ojos y se dispuso a reflexionar sobre su complicada situación. ¿Qué podría hacer en semejantes circunstancias si él mismo se había convertido en un cautivo más? ¿Estaría Glauco dispuesto a respetarle la vida, visto que no se trataba de ningún orfebre a quien hacerle perder la memoria para trabajar a su servicio?

Héctor no podía dejarse atrapar, a pesar de contar con su daga que de poco le serviría para deshacerse de uno hombres fuertes y robustos como toros. Creyó entonces que tal vez pudiera hacer uso del conjuro de Melampa y comprobar así de qué se trataba exactamente el efecto de aquella pócima. No se lo pensó dos veces: tomó uno de los frascos, lo liberó del sello de cera y se untó en la frente un poco de aquel mejunje negruzco.

Después se dispuso a esperar. Esperó un poco más. Luego, aún más, pero nada extraño sucedía. No aparecieron armas en sus manos, ni una recia coraza de bronce. Nada había cambiado; seguía en su celda, agazapado en aquella esquina y sufriendo el calor y la humedad sofocante. No pudo por menos que embargarle una tremenda desilusión.

De pronto oyó pasos por el corredor. Firmemente convencido de que Epiménedes estaba a punto de llegar para interrogarlo, pensó que el momento de creer en la magia de Melampa había llegado. Si aquel ungüento debía protegerlo de cualquier enemigo, saldría de dudas enseguida.

Se puso en pie, avanzó hasta el centro de la celda y aguardó ansioso la llegada del mago.

9
Melampa tenía razón

—¿Dónde está el muchacho? —preguntó Epiménedes con voz autoritaria delante de la celda vacía.

—¡Yo... yo lo dejé aquí..., exactamente en esta...! —balbuceó Pirantros, atónito. Abrió la chirriante cancela y entró con su antorcha, escrutando hasta el fondo rocoso de la mazmorra para terminar admitiendo que no había nadie dentro.

—¡Pues te habrás equivocado de celda! —le replicó— ¡No ha podido desaparecer, así, de golpe! ¡Sois unos incompetentes! ¡Habéis dejado la puerta abierta!

—¡No, no es cierto! ¡Tú mismo has visto cómo la abría! —se defendió el fenicio muy contrariado—. No lo entiendo. No comprendo por dónde ha podido escapar...

Héctor acaba de descubrir el fascinante resultado del conjuro de Melampa. ¡Lo había vuelto invisible! ¡Sí! ¡Se trataba exactamente de eso! No podía ni creerlo, pero lo cierto es que ninguno de aquellos dos hombres era capaz de verlo a pesar de que se encontraba delante de ellos, allí mismo, inmóvil como una roca, observando sus ojos atónitos.

El rostro de desconcierto de Epiménedes era la mejor prueba de la grandeza y el éxito del conjuro.

Héctor quiso verse las piernas, los brazos, sus manos, aunque tampoco pudo, pero comprobó aliviado que seguían allí, pues reconstruyó su cuerpo palpándolo con ansiedad, lo que le animó muchísimo.

Pirantros y Epiménedes abandonaron la celda dejándola abierta y, de inmediato, iniciaron la búsqueda del prisionero fugado.

Héctor decidió aprovechar el efecto de los mágicos conjuros. Refugiado bajo la invisibilidad de su cuerpo, salió de la mazmorra y comenzó a buscar a los cretenses. Avanzó por la enorme galería y la recorrió hasta el final. Allí encontró a Epiménedes, furioso y preocupado, inspeccionando el embarcadero palmo a palmo sin dejar de gritar a sus hombres; Héctor se agazapó detrás del entrante de una gruesa roca, aunque tardó bien poco en recordar que nada podría sucederle. ¡Era invisible!

Al poco rato, llegó Pirantros esgrimiendo el mismo gesto de estupor que aún no le había abandonado.

–He revisado todas las galerías, Epiménedes ¡No queda ni rastro del muchacho! –le informó, desconcertado.

–Volvamos hacia atrás... –reflexionó el mago–. Es imposible que haya podido escapar. Ha tenido que dirigirse hacia la Gran Forja. Allí lo atraparemos. ¡Por mil tritones que no saldrá vivo de aquí! –rugió después, conteniendo un nuevo arrebato de contrariedad en sus puños prietos y enrojecidos.

Héctor sabía que estaba muy cerca de la celda de los cretenses, de modo que caminó por la galería hasta que vio una luz parpadeante que se escapaba de la pared izquierda, al fondo de otro túnel. Se apresuró a llegar, pero antes creyó prudente deshacer el conjuro; presentarse delante de los cautivos revestido de un acto de magia tal era bastante probable que asustase a cualquiera, así es que tomó entre sus manos el pedazo de cuenco y pronunció las palabras aprendidas en el taller de Melampa.

Poco a poco, su cuerpo se materializó haciéndose de nuevo visible, mientras Héctor se moría de ganas por gritar al comprobar emocionado que todo volvía a la normalidad después de hacer exactamente lo que la sacerdotisa le había indicado. ¡La experiencia había sido formidable! Melampa tenía razón.

Ahora no quedaba más que acudir a la celda de los prisioneros y comunicarles lo acontecido en el palacio de Cnosos. Era de vital importancia saber qué es lo que habían hecho hasta el momento y paralizar cuanto antes la ejecución de la armadura.

–¡Escuchadme! –murmuró delante de la mazmorra, anunciando así su triunfal regreso–. ¡Traigo ayuda!

Temikos se alzó de pronto, y Raukos y Asterio se abalanzaron hacia las rejas. Binnos no se encontraba con ellos; trabajaba aún en la forja.

–¡Qué los dioses nos asistan! –exclamó incrédulo Temikos, enjugándose el sudor de la frente–. Dábamos por perdidas todas nuestras esperanzas de salir de este infierno. Pero ¡cuéntanos, Héctor! ¿Qué noticias nos traes?

¿Vendrán a rescatarnos? ¿Saben ya cómo acabar con Glauco? ¿Has informado al rey de lo ocurrido?

–Sí, bueno... Aún no –respondió Héctor con ambigüedad–. La reina sí ha sido informada, pero el rey Minos se encuentra ausente de Creta. No obstante, no os desaniméis, porque traigo una pócima que os ayudará a recuperar la memoria. La llevo aquí, colgada al pecho –dijo, mostrándoles el pequeño frasco de cristal.

Un gesto de desilusión se dibujó de pronto en los rostros de los cretenses.

–¿Una pócima? ¡¡Y de qué nos servirá una pócima si nadie nos ayuda a escapar de esta ratonera!! –protestó Temikos, molesto e irritado–. ¡Necesitamos algo más que recuperar la memoria para salir de aquí! Pero ¿es que no te das cuenta, muchacho, de que se está preparando una gran guerra y que los primeros en morir seremos todos nosotros?

–Lo sé que mi ayuda es insuficiente –confesó cabizbajo–. Soy consciente, pero tanto la reina Pasífae como la sacerdotisa real juzgaron que lo más importante era paralizar la construcción de esa armadura. Si conseguimos que Glauco siga prisionero en el interior de esta isla, habremos vencido. Pero si, por el contrario, escapa haciendo uso de vuestro trabajo, poco podremos hacer para evitar un desastre generalizado. Todos los oráculos hablan de ello. ¡Debéis beber cuanto antes la pócima que Melampa ha preparado para vosotros! Yo os ayudaré a escapar por los laberintos.

–¿He oído bien? –repuso Raukos, perplejo–. ¿Has dicho que nos ayudarás a escapar por los laberintos? ¿Quiere eso decir que no tenemos otro modo de salir de aquí sino a riesgo de perder la vida en la trampa que Glauco utiliza para diversión propia?

–Por desgracia, así es... –respondió Héctor, visiblemente desmoralizado–. En total son cuatro los laberintos que deberemos desafiar, y la clave de los mismos se encuentra en un medallón. ¿Alguno de vosotros recuerda haberlo visto?

Los tres hombres negaron con repetidos golpes de cabeza.

–Es importante que os esforcéis –insistió Héctor–; en ese medallón están grabadas las claves para descifrar sus salidas. En caso contrario...

–En caso contrario –lo interrumpió Asterio–, la cosa se complica aún más y no saldremos vivos de aquí. ¿Eso es lo que estás intentando decirnos?

–Es inútil que os mienta; las posibilidades de salir con vida sin esa información son muy pocas...

–¿Entonces? ¿Qué otra alternativa nos queda? –preguntó Raukos–. Escapar por la entrada que encontraste bajo el mar es un suicidio: moriríamos ahogados, ya que no somos buenos buceadores.

–Ninguno de nosotros consigue recordar nada de lo que pasa una vez que nos hacen traspasar el portón de madera de la forja –dijo Temikos–. Héctor tiene razón –admitió después de haber reflexionado con calma la información del muchacho–. Es indispensable recuperar la memoria cuanto antes. Si conseguimos ser dueños de nuestros recuerdos, tal vez podamos trazar un plan para acabar con Glauco.

–Temikos está en lo cierto –concordó Raukos algo más animado, a pesar del gesto de escepticismo de Asterio–. Y siendo así, dinos, Héctor, ¿cómo debemos hacer uso de ese bebedizo?

–Basta mezclar unas cuantas gotas en un poco de agua y luego beberla. Melampa me aseguró que su eficacia es absoluta. Acercadme vuestro odre y os mostraré cómo ha de hacerse.

Héctor destapó el pequeño frasco y mezcló la pócima en el odre lleno de agua. Lo agitó y luego se lo ofreció a Raukos. Este bebió, y también lo hizo Asterio. Después le tocó el turno a Temikos, y, por último, a Héctor. Ahora no quedaba más que esperar.

Poco tardó en hacer efecto el mágico jugo negro. Al principio todos experimentaron confusión, visión borrosa y sensación de mareo intenso.

Temikos fue el primero que comenzó a recordar escenas, sitios, la imagen de Epiménedes siempre presente dando órdenes... Ayudado por otros herreros, se vio construyendo inmensas placas de bronce, cincelándolas a martillazos bajo un calor húmedo e insoportable. Pero en ningún momento aparecía la figura de Glauco, ni siquiera desmenuzada o distorsionada como lo hizo la primera vez sobre los escudos de bronce. También recordó la construcción en estado muy avanzado de un casco inmenso con tres perforaciones oculares, una de ellas en la nuca, y espolones en la cabeza a modo de grandes aletas abiertas y rígidas. El protector nasal no existía, y dos pequeños orificios se situaban a la altura de aquel. Sin embargo, la abertura de la boca era inmensa; recorría la parte inferior del casco de oreja a oreja, pese a que tampoco existían protectores para estas.

Así mismo, Temikos también recordó haber fabricado una espada de dimensiones gigantescas, gruesa, ancha y muy larga, con una bella empuñadura de oro en la cual había grabado tres ojos por ambas caras. Pero comprobó solo entonces que Glauco los había engañado; quien dirigía la forja no era él, ¡sino Epiménedes! Quien dictaba las medidas, ordenaba y regulaba la marcha de los trabajos era también Epiménedes. Aquella visita a la Sala de los Escudos no había sido otra cosa que una farsa, una hábil estratagema para hacerlos trabajar con un espíritu positivo, a sabiendas de que no recordarían nada de lo que hicieran más que aquella conversación delante de las imágenes confusas de Glauco, así como sus idas y venidas a la celda.

Bajo los efectos de la pócima, Raukos y Asterio también recompusieron el fruto de sus trabajos.

Uno había ejecutado los brazos de la armadura. El otro, los protectores de las piernas. Para ello habían tenido que realizar docenas de placas de bronce, semejantes a las que vieron en la Sala de los Escudos, ensamblando y ajustando sus medidas hasta hacerlas encajar en las extrañas y exageradas dimensiones que Epiménedes les había ido indicando. Las manos llevaban extraños protectores y apéndices –al igual que los pies–, y las uñas eran largas, puntiagudas y disponía de seis dedos por miembro. Los espolones que Temikos recordó haber cincelado para el casco también habían tenido que ser aplicados a los codos y rodillas.

Pero tampoco Raukos y Asterio habían visto el cuerpo de Glauco para elaborar y diseñar su trabajo.

La armadura estaba casi acabada.

Faltaba el testimonio de Binnos, quien, lógicamente, tendría que haberse encargado de la coraza que debía cubrir el pecho y la espalda. El intercambio de los recuerdos borrados por el mago no hizo más que sembrar una enorme preocupación en todos.

–Nuestra única esperanza está puesta en Binnos –declaró Héctor después de haber escuchado los testimonios de los tres cretenses–. Tal vez él sí tuvo la ocasión de ver el medallón.

–Hasta que no lo traigan de vuelta a la celda, no saldremos de dudas –repuso Raukos.

–Poniéndonos en lo peor, es decir, que tampoco Binnos recuerde haber visto ese medallón –dijo entonces Temikos–, es posible que aún podamos hacer algo para pararle los pies a ese monstruo.

–¿El qué? –quiso saber Héctor.

–Es evidente que Glauco tiene miedo de mostrar su cuerpo, ya que necesita esconder bajo el bronce hasta las uñas de los pies. Y por el aspecto de la armadura que hemos fabricado, está claro que debe tratarse de un ser terrible, un gigante más próximo al mundo submarino de Poseidón que al de cualquier mortal. Si eso es cierto –continuó Temikos sus argumentaciones–, su piel será extremadamente sensible a la luz del sol y al calor. Fuera del agua, Glauco moriría en muy poco tiempo. ¡Por eso necesita una armadura que lo proteja, porque su intención es aparecer a plena luz del día con todo su cuerpo revestido para que no se queme!

–¡Tienes razón! –exclamó Héctor– Si hubiera querido atacar, ya lo habría hecho, ¡pero de noche! ¡De ahí que necesite la armadura para protegerse del calor del sol! Mucho me temo que su arrogancia ofusca su inteligencia; desea que todos puedan contemplar en lo que se ha convertido, que nadie se olvide de él, de cómo piensa «resucitar» sembrando el pánico entre el pueblo cretense.

–¿Y qué se te ocurre entonces que hagamos? –preguntó Asterio a Temikos–. Acabamos de comprobar que casi hemos finalizado nuestro trabajo y, por lo tanto, ya no le hacemos falta.

–Pero aún no lo hemos terminado... –puntualizó Temikos, esgrimiendo una mirada cargada de astucia–. Falta el toque final... ¡Escuchadme con atención! –les pidió entonces–. Si revestimos de cera fría el interior de la armadura, tal vez su intención de aparecer a plena luz del día como sospechamos sea ese su objetivo, nos favorezca. La cera se derretirá en el interior del bronce, recalentado por el calor del sol y la temperatura de su propio cuerpo, y le abrasará la piel; entonces la armadura metálica le producirá tal dolor que terminará arrancándosela y morirá igual que muere un pez fuera del agua. Hay una montaña de cera en las forjas, dentro de las bañeras de enfriamiento del metal; la hemos utilizado para la fabricación de los apliques de la coraza y de muchas otras piezas. ¡Pues bien! Mi plan es este: tenemos que encontrar el modo de forrar el interior de la armadura con esa cera sin levantar sospechas en Epiménedes o en sus hombres.

–¡Me parece una magnífica idea! –lo aprobó Héctor sin reservas, siendo secundado por los cretenses.

Hubo así unanimidad en llevar a cabo el plan ideado por Temikos. No tenían nada que perder. Si el final de todos ellos estaba cada vez más cerca, al menos habrían luchado por intentar detener a Glauco.

Ahora solo quedaba esperar el regreso de Binnos y suministrarle el brebaje de Melampa.

Cuando Héctor oyó los pasos de una escolta acercándose por el túnel, echó marcha atrás y se refugió en la oscuridad de la galería.

Binnos venía custodiado por cuatro hombres armados. Su cuerpo, sudoroso y agotado, encontró alivio al apoyarse sobre la cancela mientras esperaba a que la abrieran.

Miró a sus compañeros de celda y enseguida advirtió que algo extraño ocurría. Lo estaban observando de un modo inusual, con una mezcla de ansiedad e ilusión que no alcanzó a comprender. Cuando la guardia lo empujó al interior de la celda, Temikos se le acercó y le ofreció agua del odre de cuero. Binnos se sintió confortado, pero al mismo tiempo sorprendido por la insistente mirada de todos ellos.

–¿Por qué me miráis de ese modo? ¿Es que no habéis visto a un hombre extenuado? –replicó mientras bebía con ansiedad del odre hasta agotar el agua.

Poco después, advirtió un mareo intenso y se echó las manos a la cabeza.

–¡Por todos los dioses! ¡He terminado enfermando en esa maldita forja! La cabeza me da vueltas, me siento aturdido... y... ese desalmado... no deja de dar órdenes... ¡No puedo trabajar más rápido! Ya se lo he repetido cien veces que el diseño de ese medallón no es fácil... Las figuras son complicadas de realizar... Pero... ¿qué estoy diciendo...?

175

¡Puedo recordar! ¡Finalmente sé lo que está sucediendo dentro de la Gran Forja!

–Tranquilízate y cuéntanos todo lo que recuerdes –le pidió Raukos con voz pausada.

Héctor se aproximó a la celda para saludar al recién llegado, una vez que la escolta desapareció al final del corredor.

–¡El chico ha vuelto! –Binnos soltó un grito de alegría inmenso al verlo al otro lado de los barrotes.

–Así es, Binnos, y nos ha traído un antídoto que nos ha devuelto la memoria –le aclaró Temikos–. Estaba en el agua que te acabas de beber. Pero ¡por todos los dioses!, no te detengas y háblanos de ese medallón que estás haciendo...

–En realidad no estoy haciendo ningún medallón, sino copiándolo sobre el pectoral de la armadura –precisó– Fue Epiménedes quien me ordenó hacerlo. Me enseñó un extraño medallón de bronce y me dijo que mi trabajo consistiría en reproducirlo veinte veces más grande sobre la placa del pectoral.

La noticia no podía ser mejor. ¡Binnos traía la clave de la libertad!

–Se trata de cuatro círculos concéntricos –comenzó a decir bajo la mirada expectante de los demás–. Cada uno de ellos encierra signos diferentes, pulpos, caracolas, tridentes, serpientes, rostros...

–¿Podríamos hacernos con ese medallón sin que nadie se diese cuenta? –le preguntó Héctor.

–No, es del todo imposible –negó Binnos con repetidos golpes de cabeza–. Epiménedes lo mantiene custodiado con gran celo. Pero ¿es que sabéis de qué se trata?

—Binnos, estás trabajando en la clave que encierra el enigma de los Cuatro Laberintos de Glauco —le reveló Héctor—, una prisión mortal para quien no conozca su salida y que ya sabéis que Glauco utiliza para deshacerse de sus víctimas. Si consiguieras recordar cada uno de los signos y figuras que estás copiando, sería mucho más sencillo forzar a Glauco a condenarnos dentro de los laberintos y escapar por ellos.

—Entonces, ¿presumo que sabes cómo interpretar esos signos?

—No, exactamente... —respondió Héctor.

—¿Cómo qué no? —replicó Temikos, sorprendido.

Los cretenses se quedaron mirando al chico con perplejidad.

—Pues, entonces, ¿de qué nos vale haber recuperado la memoria? —protestó Binnos—. ¿Quién sabría hacer descifrar las claves?

—Nadie en quién podamos confiar o a quién acudir —dijo el muchacho—. No creo que Epiménedes se ofrezca voluntario, a pesar de que sea bastante probable que él lo sepa. De modo que tendremos que arreglárnoslas solos.

—¿Solos, dices? —protestó Asterio.

—Lamento no traer una ayuda más sólida —se excusó Héctor—. Solo dos personas debían conocer las cuatro claves de ese medallón: el rey Minos y el constructor de los laberintos, Dédalo. Es inútil que os explique por qué ninguno de los dos podrá ayudarnos. Los motivos ya poco importan.

Binnos suspiró con fuerza. Se alzó y comenzó a caminar por la celda mientras reflexionaba acariciándose su larga barba blanca.

–Siendo así –dijo luego con aire resignado–, creo que deberíamos poner a prueba nuestra destreza en las pruebas iniciáticas y retar de inmediato a Glauco en su juego de las adivinanzas –sugirió, restregándose la frente sudorosa.

–Estoy de acuerdo –aceptó Asterio.

–La verdad es que no tenemos muchas más opciones... –opinó Raukos.

–Me temo que no –dijo Héctor con tono concluyente.

–¡Ahhh! ¡Está bien! –terminó Temikos por ceder–. ¡No me queda más remedio que aceptar a mí también! Pero, antes de retar a Glauco, deberíamos ejecutar el plan que habíamos empezado a trazar –dijo–: recubriremos el interior de la armadura con la cera de los moldes de fundición, ¡confiando que se derrita sobre la piel del gigante con el calor del sol sobre el bronce!

–¡Es sin duda una ingeniosa idea! –aprobó Binnos de inmediato.

–Eso mismo nos pareció –dijo Temikos–. Si no consiguiéramos salir con vida de los laberintos, al menos sí podríamos frenar a Glauco impidiéndole llevar a cabo sus proyectos de conquista. Sin haberlo visto, sabemos que se trata de un ser increíblemente enorme, descomunal... Su sola presencia sembraría el terror en todo el mar Egeo. Sabemos que no soportaría estar mucho tiempo fuera del agua...

–Y también sabemos que se alimenta de cantidades ingentes de algas verdes y azuladas –añadió Héctor–; he visto con mis propios ojos la gran caverna en donde las recogen y almacenan.

–Ahora me explico los reflejos irisados de esas mismas tonalidades que vimos en la Sala de los Escudos –dijo Temikos–. Es muy posible que Glauco tenga un aspecto semejante a ellas...

Instantes después, el suelo comenzó a crujir bajo sus pies. El eco producido por la caída de algunas rocas desprendidas por los túneles llegó hasta la celda.

–Debemos darnos prisa –apremió Temikos con la respiración agitada–. Os confieso que cada vez me alarman más estos constantes terremotos, de modo que démonos prisa en perfilar nuestro plan: tenemos que buscar el modo de cubrir el interior de la armadura con la cera.

–No será sencillo... –opinó Raukos–. Nos vigilan muy de cerca, controlan cada paso, cada martillazo que damos, cada respiro...

–Es cierto –añadió Binnos al recordar–. Si descubriéramos el modo de trabajar en ello sin ser molestados...

–Yo lo haré –anunció de pronto Héctor.

–Admiro tu bravura, muchacho, pero hará falta algo más que valor para cubrir la armadura de cera tú solo –objetó Temikos–. Necesitarías trabajar durante días sin ser visto ni oído por ningún centinela. ¡Es materialmente imposible!

–Os repito que lo haré yo –insistió–. Vosotros solo deberéis dejar terminado vuestro trabajo. Creedme, sé lo que me digo. No tendréis más noticias de mí hasta que no haya concluido la tarea. Será entonces cuando podamos retar a Glauco en su juego de las adivinanzas y forzarlo a introducirnos en los laberintos. Al menos ahora sabemos que en los signos grabados en la coraza se encuentra la clave de nuestra libertad. ¡Tenemos que aprovechar nuestra única posibilidad!

179

–Cuentas con nuestro apoyo –convino Temikos–, pero recuerda, Héctor, que si dentro de dos días no hemos sabido de ti, trazaremos un nuevo plan.

–Os aseguro que no será necesario –dijo Héctor, tomando entre sus manos el amuleto mágico de Melampa–. ¡Confiad en mí! Ahora, he de marcharme; veo luces que se aproximan hacia aquí.

Una nueva escolta se acercaba por el corredor, y las llamas cimbreantes de las antorchas bailaban en la lejanía al son del paso de los centinelas.

10
Difícil reto

Custodiados por seis centinelas, los cretenses se encaminaban de nuevo a la Gran Forja. Los llevaban a los cuatro juntos, cuando esa circunstancia no se había producido más que en una única ocasión, aquella en la que fueron presentados por primera vez ante Glauco.

Cuando entraron en la forja, Pirantros hizo lo mismo que hiciera la primera vez: arrojó un puñado de hierbas dentro de un pequeño incensario incandescente, si bien en esta ocasión no lo extrajo de la bolsa que llevaba atada al grueso cinturón de cuero como hizo entonces. Esta vez se acercó a una oquedad abierta en la roca y las sacó de su interior. Esgrimió una dura mueca de rechazo al contener la respiración para evitar respirar el primer humo producido por la combustión de la mezcla aromática que anulaba la memoria de los prisioneros.

La inmensa armadura estaba prácticamente terminada. Algunos hombres se encontraban ensamblando, con gruesas tiras de cuero, docenas de pequeñas piezas correspondientes a los protectores de los brazos y las piernas, precisamente las que deberían dar mayor flexibilidad a la armadura en movimiento. Glauco tendría que mover con soltura codos, muñecas y manos, rodillas y pies, y, ciertamente, las peculiaridades especiales de su cuerpo, lleno de aletas y apéndices por todas partes, no facilitaban la recomposición en bronce de su singular aspecto.

No obstante, ninguno de aquellos hombres parecía distraerse con nada que no tuviera que ver con la asignación de su tarea concreta, a pesar del calor infernal que reinaba dentro. Trabajaban duro, ensimismados en sus quehaceres, sin mostrar extrañeza ante nada y ante nadie.

Pirantros, con su habitual gesto áspero, propinó un fuerte empujón a los cretenses y luego les gritó:

–¡Vamos, vamos, a trabajar! ¡Moveos de una vez! ¿O es que acaso habéis olvidado lo que tenéis pendiente? Tiene que estar terminada para mañana. ¿Me habéis oído bien?

Por unos instantes, ninguno de los cretenses supo cómo reaccionar. Fue Binnos el primero en recordar que aún no había concluido su tarea, y así se dirigió hacia otra sala, sin levantar sospecha alguna y sin despedirse de sus compañeros, mostrando a su carcelero el comportamiento acostumbrado que veía en los demás prisioneros. Temikos buscó su lugar de trabajo, y Raukos y Asterio hicieron lo mismo.

«Terminada para mañana», pensaba Temikos una y otra vez, repitiendo las palabras del fenicio mientras martilleaba con precisión el bronce aún caliente sobre el yunque. Por eso los habían traído a todos juntos y la forja estaba abarrotada de prisioneros como no lo había estado hasta entonces.

El momento temido había llegado.

Glauco estaba a punto de iniciar sus planes y necesitaba acelerar el ritmo de los trabajos. Pero la preocupación de Temikos aumentaba cada instante que pasaba; bien sabía que, en estas circunstancias, el joven Héctor no tendría tiempo de completar su misión. Con la forja trabajando a marchas forzadas, no podría encontrar ni un segundo de tranquilidad si deseaba cubrir de cera el interior de la armadura. ¡El plan fracasaría y la única posibilidad de detener a Glauco se habría esfumado!

Epiménedes controlaba cada ensamblaje del bronce, cada movimiento de las piezas ya terminadas, muchas de las cuales exigían el esfuerzo de numerosos hombres para transportarlas y montarlas en grupo, dado que el peso que habían adquirido al unirlas era enorme. Muchos de los prisioneros cayeron desmayados por el agotamiento y el calor reinante. Pero no había gente para sustituirlos, de modo que el resto tuvo que redoblar sus ya mermadas fuerzas para ir remplazando a los que ya no estaban en condiciones de seguir trabajando.

Cuando finalmente Istrión dio orden de parar, los cretenses se sobrecogieron de frente a la obra finalizada. El brillo resplandeciente de la armadura junto a su enorme espada centelleaba como si se tratase del propio sol encerrado en aquel siniestro lugar. Epiménedes sonrió con enorme satisfacción al contemplar cada pedazo de la descomunal armadura tendida sobre el suelo, viendo así cumplidas todas las expectativas que se esperaban de los prisioneros. Entusiasmado por la espectacularidad que el bronce brindaría sobre el cuerpo de Glauco, exclamó bien en alto delante de todos:

–¡Oh! ¡Quedarán rendidos a nuestros pies todos los reyes y gobernantes, desde la bárbara isla de Sicilia hasta Ugarit, Menfis y Avaris, y de Micenas hasta la lejana Babilonia! Glauco será el rey de todos los mares, de los puertos, de todas las costas bañadas por espumas saladas. Ni el mismo Poseidón será un rival cuando Glauco aparezca a plena luz del día retando a aquellos que lo obligaron a permanecer recluido en estas cavernas de roca y fuego, y pagarán con su vida, como es justo que así sea.

Los ojos de Epiménedes expresaban con firmeza su desbordante locura y la inmensa satisfacción de ver realizada su obra.

A Temikos no le quedó más remedio que tragarse su rabia y fingió seguir bajo los efectos de los vapores. Intentó ojear el trabajo de Binnos con la esperanza de memorizar él también las claves que había grabado sobre la coraza, pero la corpulencia y altura del pectoral tendido por el suelo sobrepasaba con mucho su estatura. Comprobó que la montaña de cera seguía aún en las bañeras de enfriamiento, lo que quería decir que la misión de Héctor había fracasado.

Instantes después, Pirantros e Istrión hacían abandonar la Gran Forja a todos los prisioneros a golpe de gritos, latigazos y empujones.

Las escoltas estaban preparadas ya para acompañar a los cretenses hasta su mazmorra. Detrás de ellos, dos oficiales se encargaron de cerrar el travesaño del gran portón de ingreso, dejando a algunos prisioneros vertiendo agua fría sobre la armadura para finalizar adecuadamente el proceso de enfriamiento del bronce.

La suerte estaba echada. Glauco había ganado la partida.

–El chico no ha regresado, y ya han pasado casi dos días –se decidió a hablar Binnos, quebrando así el silencio que reinaba en la celda desde hacía horas.

–Ni creo que lo haga –opinó Raukos, mientras se refrescaba la cabeza rociándosela con agua–. Sabíamos que las posibilidades de conseguirlo eran muy pocas, por no decir nulas. Es probable que lo hayan sorprendido en algún tramo del corredor y se encuentre prisionero en otra celda. ¿Quién sabe? De cualquier forma, ya poco importa; a estas alturas, Glauco estará probándose la armadura y comenzando a saborear las mieles del éxito.

–No debimos permitir que el chico aceptase semejante responsabilidad –declaró Temikos con un marcado tono de culpabilidad en sus palabras.

–¡Eso no es cierto! –replicó Raukos–. Tampoco nosotros hubiéramos podido hacerlo. Ya has visto en qué condiciones hemos trabajado. Ni tú mismo habrías podido acercarte a las bañeras de enfriamiento sin levantar sospechas. Si hubiéramos contado con varios días más, tal vez nuestro plan no habría fracasado.

Raukos tenía razón. De nadie era la culpa, solo del destino y las desfavorables circunstancias que se habían precipitado justo en el último momento. La sola imagen de aquella descomunal armadura era ya de por sí terrorífica; haría de Glauco un ser invencible.

Poco podía hacerse ya por detener la marcha de los acontecimientos. Y, además, aunque pudieran informar al rey Minos, ¿de qué serviría? ¿Cómo podría acabar con Glauco? ¡No existía flota ni ejército alguno que pudiera hacerle frente armado de ese modo! Las flechas y lanzas arrojadas por los mejores hombres, las trampas más sofisticadas para cazar seres salvajes, los artefactos bélicos más efectivos jamás se habían empleado para enfrentarse a un ser de semejante fuerza y proporciones.

Poco después de que llegara el segundo servicio de agua y comida, se acercó una nueva escolta a la celda. Pirantros e Istrión la encabezaban.

Si la armadura ya estaba terminada, no quedaba más que pensar en dos posibilidades: o bien, no siendo ya útiles sus servicios, sus vidas no valían ni un buen cargamento de cedros fenicios y estaban a punto de ser ejecutados, o tal vez algún contratiempo podría requerir de nuevo su presencia en la forja.

Después de abrir la cancela, Pirantros les gritó:

–¡Salid todos!

–¿Adónde nos lleváis? Aún no es hora de volver a la forja. ¡No hemos descansado nada desde la última vez! ¿Es que no os dais cuenta de que estamos agotados? –fingió, Temikos, ignorar el final de los trabajos.

–No hagas preguntas, cretense, y camina –le respondió Istrión con su rudeza acostumbrada–. Pronto saldrás de dudas –añadió soltando una carcajada que hizo temer a todos lo peor.

A punta de lanza, fueron conducidos por el túnel de las mazmorras hasta llegar a la Gran Forja. Al traspasar el pesado portón de madera que lo cerraba, encontraron a Epiménedes dentro, esperándolos.

–¡Oh, amigos míos! –Les recibió así, abriéndose de brazos con una actitud gentil, serena y acogedora.– Habéis realizado un trabajo digno de una gratificación, y Glauco desea agradecéroslo personalmente.

–Me parecería justo, pero dado que nos habéis privado de libertad, voluntad y memoria, me gustaría ver al menos el resultado del trabajo que «dices» hemos realizado –habló Temikos, al comprobar con gran preocupación que la armadura había desaparecido de la forja.

–Tal vez si sois afortunados –respondió–, podáis tener el honor de verla. Pero de momento no será posible. En cambio, Glauco ha decidido recibiros en audiencia. Desea haceros partícipes de un hecho poco frecuente. ¡Acompañadme!

El mago, seguido de los artesanos, avanzó por un sendero hasta alcanzar la puerta que daba acceso a la Sala de los Escudos y que los cretenses recordaron sin gran esfuerzo. Epiménedes deslizó el grueso madero que cruzaba la puerta y entró.

Glauco los aguardaba dentro, oculto detrás de la cortina de lino.

–¡Henos de nuevo aquí, mi señor! –habló Epiménedes, anunciando su entrada.

Un ensordecedor ruido metálico retumbaba por todas partes en modo tal que los cautivos tuvieron que taparse los oídos para poder soportar su presencia en el interior de la gigantesca caverna. Efectivamente había una novedad; los reflejos irisados y los fragmentos de Glauco dispersos por los cientos de escudos habían desaparecido, y, en su lugar, los destellos de la armadura permanecían reflejados sobre el mismo metal de los escudos. Bronce contra bronce. Si difícil se hizo la primera vez recomponer el cuerpo de Glauco, en esta ocasión fue prácticamente imposible reconocer parte alguna entre los centenares de reflejos idénticos que cruzaban velozmente la caverna de una punta a la otra.

Glauco lucía su pesado traje con verdadero entusiasmo, y comprobaba la perfecta sincronía de todas las piezas ante la satisfecha y amplia sonrisa de Epiménedes. Luego, dirigiéndose al mago, le dijo:

–Se merecen una felicitación, ¿no crees?

–¡Oh, sí! Creo que se merecen algo más que eso –le respondió–. Serán los primeros en cruzar la Puerta de la Muerte. Así no tendrán que oír los gritos de los demás cuando les llegue su final.

–Me parece justo –convino Glauco con voz ronca y pesada–. Después de un esfuerzo como el que han hecho, sería poco gentil por nuestra parte reservarlos como último bocado a los tiburones. Sin embargo, me gustaría retarlos una última vez. Es posible que, si aún conservan el mismo espíritu valeroso que demostraron en un principio, decida salvar la vida a alguno de ellos. Los Cuatro Laberintos podrían convertirse en un juego divertido, aunque igual de mortal que la Puerta de la Muerte, pero es bien cierto que tendrían una posibilidad entre mil de salir con vida. Aunque... pensándolo mejor... ¡acabo de cambiar de opinión! Ningún prisionero debe salir vivo de aquí.

Un escalofrío sacudió de pronto a los cretenses.

Temikos juzgó entonces más que oportuno intervenir cuanto antes. Las vidas de todos ellos estaban a punto de ser pasto de los tiburones y debía forzar a Glauco a encerrarlos en los laberintos.

Pensó en Héctor y en la triste suerte que correría al no encontrarse entre ellos, pero poco podía hacer ya por él. Así que, con el mismo espíritu temerario que ya le caracterizara, se adelantó hasta donde Epiménedes se lo permitió y habló a los cientos de reflejos broncíneos de Glauco que bailaban por encima de sus cabezas, ya que la gruesa cortina de lino les impedía ver al gigante:

–Triste destino el que nos tenías reservado, mi señor –le dijo así Temikos–, si bien no olvidarás que matar a artesanos metalúrgicos trae una pésima fortuna a su verdugo. Tal vez deberías reconsiderar tu decisión; no creo que te favorezca iniciar tu glorioso momento de victoria con un hecho tan impropio y poco oportuno. Si nos matas, los augurios desfavorables son más que probables.

–Hasta ahora, que yo sepa –respondió Glauco–, el infortunio caía sobre aquellos «mortales» que terminaban con las vidas de herreros y orfebres. Olvidas que yo ya no soy uno de vosotros... aunque... este dulce aroma a miel que envuelve la armadura me haga recordar aquellos tiempos en que sí lo fui y a mi madre cuando me aplicaba emplastos de cera sobre la piel.

¿Aroma a miel? ¿Significaba ello que Héctor lo había conseguido? Pero ¿cómo y cuándo pudo hacerlo? Fuera como fuese, lo importante es que Héctor había cumplido con éxito su misión, y los cretenses no pudieron por menos que esbozar una gran sonrisa muda de victoria, evitando así levantar sospechas delante de Epiménedes.

—Efectivamente, el aroma de la cera utilizada para la fabricación de los moldes tarda algún tiempo en desaparecer —mintió Raukos con gran astucia, a fin de ofrecer una explicación lo suficientemente convincente tanto a Glauco como al mago—. Pero, si os resulta molesto, se podría hacer algo por evitarlo, aunque con ello el bronce perdería su brillo y sería una lástima...

—¡Oh, no! Me agrada esta sensación —se apresuró el gigante a responder.

Sin embargo, Epiménedes se mostró un tanto contrariado. No había caído en ese detalle, y si algo quería evitar a cualquier precio era que Glauco tuviera aún algún grato recuerdo de su pasado. Glauco no debía tener pasado, solo un futuro, el que él mismo se había encargado de forjar, proyectar y dirigir de forma tan sutil.

—¿No pretenderás hacerme creer que te reconforta el recuerdo grato de tu madre y de los ungüentos de Melampa, responsable de tus terribles cambios? —argumentó así, dispuesto a convencerlo para que eliminasen cuanto antes la cera—. ¡Olvídate ya de todo eso, Glauco! Ahora tú eres un ser diferente cuyo poder se ha convertido en ilimitado. Esa armadura te brindará la posibilidad de retar y vencer a cualquier enemigo, por muy grande o poderoso que sea.

La retórica de Epiménedes volvió a pesar en la voluntad de Glauco más de lo que los cretenses hubieran podido imaginar. Temikos temió entonces que el mago convenciera a Glauco y diera orden inmediata de limpiar la armadura.

No tenían tiempo que perder. Había que provocarlos, sembrar la discordia entre ellos, enfurecerlos si era preciso, y dirigir esa cólera hacia la condena de su reclusión en los laberintos. Héctor lo había conseguido, y no podían permitirse el lujo de desperdiciar una ocasión como esa.

Temikos afiló su lengua y partió al contraataque:

–Pero, Glauco, ¿dónde está tu palabra y tu capacidad de decisión? Yo creí que tendría el honor de dirigir una gran obra, y, sin embargo, no recuerdo haber tenido el control de los trabajos como me dijiste que tendría. Epiménedes pretende saber más que ninguno de nosotros en las artes metalúrgicas y anular un grato recuerdo, poniendo en peligro la protección de tu armadura frente a la corrosión del agua salada, además de restarle brillantez, como ya bien te ha explicado Raukos. Pensé que diseñaría una grandiosa armadura y, en su lugar, he sido vilmente utilizado por tu servidor, más conocedor de las picaduras de serpientes que de cómo fabricar un simple caldero de bronce donde preparar sus pócimas y quemar «sus hierbas» –dijo, enfatizando con fuerza las palabras mientras clavaba la mirada en los ojos atónitos de Epiménedes–. Esperaba algo más de ti, Glauco. Confiaba ser recompensado con la gloria o, cuanto menos, con la libertad. Sin embargo... nos has privado de nuestra memoria y ahora nos privas también de la vida. Pensé que dentro de tus proyectos de conquista cabría la posibilidad de encontrar nobleza y honra. Compruebo con profunda decepción que no es así. Eres tan solo un ser cruel y rencoroso, la misma sombra de Epiménedes.

–¿Cruel y rencoroso? –rugió Glauco, furioso–. ¡Sabrás acaso tú lo que eso significa! Mi cuerpo no ha dejado de transformarse... de crecer... de deformarse... Mi padre dio orden de diseñar y construir una prisión en donde recluirme para que nadie pudiera encontrarme. Afortunadamente, hace tiempo que se me quedó pequeña...

Mientras Glauco respondía a las provocaciones de Temikos, de pronto, una voz surgió de la nada y con palabras claras y fuertes interrumpió las quejas de Glauco con una dura acusación:

–Glauco, deberías saber de una vez por todas que el único responsable de tu terrible aspecto no es otro que tu fiel y astuto Epiménedes.

–¿Quién ha osado pronunciar semejante vileza? –gritó Glauco, haciendo reverberar sus estridentes chillidos por toda la caverna.

–¡No lo sé, no lo sé! –Epiménedes, atónito, se giró de un lado a otro sin conseguir identificar al responsable de aquellas acusaciones.

–Es evidente, Glauco, que Epiménedes no te ha contado toda la verdad –continuó diciendo la misteriosa voz sin rostro ni cuerpo–. Y, sin embargo, todavía sigues confiando en quien te ha utilizado del modo más despreciable. La razón de tu transformación fue obra de él, de las pócimas que te suministró, de las algas que te hizo comer desde niño, de las que todavía te sigues alimentando.

–Seas quien seas, mientes de forma deliberada –se defendió Epiménedes, incapaz de localizar al acusador–. La única responsable fue Melampa. Solo ella y sus bebedizos para hacerle perder la memoria...

–¡Evidentemente! –aprobó la voz–. Pero lo hizo no para apartarlo de su naturaleza humana, sino para aliviarle el sufrimiento de perderla. Y tú nunca se los suministraste con el fin de hacer del hijo de Minos un ser horrible, temible y cruel, lleno de venganza e injusto resentimiento.

Glauco no quería ni podía creer lo que estaba escuchando. Su fiel Epiménedes siempre había estado a su lado, había compartido su dura reclusión bajo tierra, entre la humedad y el calor. Sin su suministro de algas diarias habría muerto hacía años. Epiménedes se había convertido en su verdadero padre y, por lo tanto, ¿cómo podrían ser ciertas semejantes calumnias? Lo apreciaba demasiado y necesitaba de sus consejos y su sabiduría... Sin él no se habría proyectado el plan, la armadura no existiría y no estaría a punto de conquistar todos los mares conocidos.

Glauco, enfurecido, emitió un alarido terrible, agudo y prolongado, que casi hizo perder el conocimiento a Binnos, y a punto estuvo Raukos de caer abatido por el insoportable chillido.

Algunos escudos se desprendieron de las paredes de la cueva y, al caer, provocaron un estrepitoso ruido que se sumó al ya reinante.

–¡Seas quien seas, tus momentos están contados! –condenó así Glauco al misterioso delator–. Antes de servir de pasto a los tiburones, ten por seguro que te sacaré las entrañas y leeré en ellas el brillante futuro que me aguarda.

–¿Y qué me dirías, Glauco, si te dijera que todos tus sufrimientos podrían haberse evitado de no haber conocido a Epiménedes? –instigó la voz, ajena a sus amenazas, tratando de confundirlo aún más si eso era posible–. Melampa me previno contra él; dijo que Epiménedes había causado todos tus males, pero que es de aquellos que tiran la piedra y luego esconden la mano.

−¡Sal quien seas! ¡Hazte visible si realmente eres tan valiente como pareces! −chilló Glauco a punto de destrozar la caverna con los terribles ecos de su voz.

Epiménedes estaba rojo de ira, pero sobre todo de preocupación. Sin embargo, era lo suficiente astuto e hipócrita como para seguir ofuscando y tergiversando acusaciones extremadamente graves y directas como las que allí mismo le estaban siendo dirigidas. En ese instante, comprendió que la voz no podía ser de nadie más que del muchacho fugado, y el hecho de que mencionase a la sacerdotisa real del palacio de Cnosos era evidente que lo delataba como un espía al servicio de la corte cretense.

−De modo que conoces las artes de la magia... −Epiménedes se mostró de pronto muy sereno, como si nadie hubiera proferido ni una sola palabra en su contra.− Me consta que Melampa te ha enseñado bien cómo desaparecer. Sí, reconozco su sello en tu invisibilidad, y nadie mejor que ella para ayudarte a infiltrarte hasta aquí −continuó diciendo mientras caminaba afinando el olfato a cada paso que daba−. Es ella quien te ha enviado, ¿no es así? Siente curiosidad por saber qué fue de su pequeño príncipe, al que utilizó haciéndole ingerir sus extrañas pócimas hasta que perdió su propia naturaleza humana.

−¿De modo que es eso lo que hiciste tú con Glauco? −dedujo Héctor a la vez que se alejaba de la presencia de Epiménedes, quien, inexplicablemente, lo perseguía con tan solo husmear su rastro en el aire.

–¡Atrápalo y elimínalo! ¡No quiero seguir escuchando nada más! –le gritaba a su vez Glauco, incapaz de zanjar él mismo el problema.

–Te duelen mis acusaciones, Epiménedes –continuó diciendo Héctor al amparo de su mejor disfraz–. Veo que sabes ocultar con gran astucia tus actos innobles.

–¡Eres hombre muerto, pequeño calumniador! –rugía Emipénedes, apretando los puños con rabia.

–¡Ah! Parece que he sembrado la duda en «tu señor». Melampa tenía razón; no pararás hasta hacer de Glauco el ser más temido de cuantos existan, solo con un único fin: estar detrás de él para dominar todo cuanto su aspecto y tamaño sean capaces de alcanzar, y siempre ocultándote con holgura detrás de su amplia sombra...

–¡Encuentra a esa sanguijuela! –gritaba Glauco al otro lado de la cortina.

–Y si las cosas salen mal –prosiguió Héctor diciendo–, será Glauco quien caiga, no tú. ¡No demuestras ser otra cosa más que un ser ruin y cobarde!

–¡Sin duda así es! –osó intervenir Temikos, aunándose al valor de Héctor, pese a que todavía no comprendiese de qué modo el muchacho había conseguido ocultarse, ya que su voz se escuchaba tan clara y fuerte como si lo tuviese delante de sus propios ojos. Sin embargo, lo verdaderamente importante ahora era el hecho de que Héctor estaba a punto de conseguir que la discordia o, cuanto menos, la inevitable sombra de la duda planeasen entre Glauco y Epiménedes, debilitando así sus fuerzas.

Poco después, y sin que mediase palabra alguna, Epiménedes se abalanzó al vacío muy cerca la cortina de lino.

Entre bufidos, forcejeó en el aire mientras apretaba con saña sus manos en un único punto con una fuerza increíble, al tiempo que sus ojos encolerizados se clavaban en la nada. De pronto, el sacerdote arrojó un lacerante grito al aire y se echó las manos al pecho. Su túnica blanca se tiñó de sangre, y una gran mancha rojiza afloró cercana al hombro izquierdo. Luego se oyó de nuevo la voz de Héctor, trémula y vacilante, que entre golpes de tos procedía a pronunciar las siguientes palabras:

astros y cielos, destruid toda pócima que vaya contra mí, Héctor, porque yo os conjuro por los grandes y terribles nombres ante los cuales se estremecen los vientos y se quiebran las piedras al oírlos.

Ante la atónita mirada de todos, la imagen de Héctor se fue materializando lentamente. Mantenía su daga ensangrentada aferrada aún a la mano; en su cuello habían quedado grabadas las marcas rojizas dejadas por los dedos de Epiménedes al intentar estrangularlo.

La confusión fue absoluta.

Glauco reaccionó con rapidez y salió en defensa del mago antes de que Héctor o Temikos acabasen con su vida. El gigante gritó con tal fuerza que ninguno pudo ser ajeno a semejante castigo acústico; todos quedaron agazapados en un rincón, tapándose los oídos como mejor pudieron, mientras que Epiménedes, muy malherido, cruzaba la cortina de lino buscando la protección del gigante.

–¡Ingratos! –les chilló Glauco– ¡Acabáis de firmar vuestra sentencia de muerte, una lenta agonía de la que espero que, por bien merecida, sea la más cruel de cuantas puedan llegar a experimentarse!

–¡Será mayor la tuya! –respondió Héctor sin miedo alguno.

–¡Calla, insensato! –lo censuró Glauco con estrépito–. En cuanto a ti, si pudiera te devoraría aquí mismo, delante de todos, como escarmiento a tu inaceptable osadía. Ni siquiera la agonía de los Cuatro Laberintos será suficiente para hacerte pagar lo que acabas de hacer. Has traído la traición de parte de quien creí fuera aún una amiga y te has infiltrado hasta aquí con viles artes mágicas para asesinar a mi más fiel aliado. ¡Espero que seas el último en morir!

–Prefiero la muerte que nos tienes reservada antes que continuar un segundo más en esta mazmorra húmeda y maloliente que huele a pescado podrido –replicó Héctor con gran coraje–. Pero recuerda bien, Glauco, y esfuérzate por saber «qué es aquello que cuanto más cerca esté de ti, menos te dejará ver».

–¿Te permites intimidarme con un acertijo?

–En su respuesta te va la vida –continuó así Héctor–. Ten presente que si ignoras mi adivinanza, es muy probable que pierdas tu inmortalidad...

No obstante, ni Glauco ni Epiménedes respondieron al desafío lanzado por Héctor.

El cuerpo ensangrentado del mago ya no fue visible más que a fragmentos. Refugiado al abrigo de la corpulencia de un Glauco armado, sus cientos de pequeños pedazos quedaron reflejados sobre los escudos, confundidos y entremezclados con los de Glauco, como si formasen parte de un único ser. Solamente pudieron escuchar sus lamentos, pero no volvieron a ver al mago. Más tarde, es posible que el mismo Glauco activara el mecanismo mediante el cual una inmensa pared, compuesta por parte de los escudos que conformaban la sala, la sellara con un gran estruendo, aislándolos de la gran caverna. El eco de los ruidos, producidos por el ingenioso mecanismo de cierre, dio paso a una nueva sorpresa.

La puerta por la que habían accedido a la Sala de los Escudos se cerró de modo similar, y, justo detrás de ellos, Glauco abrió otra de iguales dimensiones.

Se trataba del acceso a los Cuatro Laberintos.

11
Binnos y las claves del medallón

Héctor y los cretenses habían quedado atrapados en un reducido espacio cuya única salida estaba de antemano proyectada: el acceso a los Cuatro Laberintos.

Finalmente habían conseguido su propósito, y ahora que se encontraban delante de la prueba final, justo sería decir que se sintieron atemorizados de frente a aquella puerta que podría conducirlos a la muerte si no conseguían averiguar las claves de sus cuatro salidas.

Temikos suspiró con fuerza delante de la entrada y luego cogió una de las antorchas que habían quedado iluminando la estancia.

–¡Que los dioses nos mantengan alejados de los peores augurios! –exclamó, siendo el primero en adentrarse por un estrecho corredor que moría en una cámara de grandes dimensiones.

Su forma se hacía difícil de describir. Era extrañamente irregular. Contaba con numerosas paredes pintadas en distintos colores –ocres, rojos y amarillos–, y el techo estaba formado por relieves irregulares en altura y profundidad. Dos gruesas columnas se levantaban en el centro, y el tridente del dios Poseidón se encontraba grabado por todas partes, así como claros símbolos referentes a los trabajos de la forja de los metales.

Centenares de formas y signos triangulados pintados en negro recorrían las paredes de la cámara sin una aparente lógica en la distribución y conexión entre ellos. En algunos casos, los triángulos formaban largas cadenas engarzadas por tridentes. En otros, eran los tridentes los que quedaban ensamblados por triángulos concéntricos.

El último en penetrar en aquella peculiar cámara fue Binnos. Portaba en alto la última antorcha que había quedado en la Sala de los Escudos, y su gesto de asombro al entrar fue el mismo que el esgrimido por el resto de sus compañeros.

–¿Reconoces alguno de estos signos, Binnos? –le preguntó Temikos.

Binnos avanzó lentamente, al tiempo que observaba con atención las paredes y el techo de la estancia.

–Sí. Todos –respondió con voz firme–. Los recuerdo muy bien: triángulos, tridentes, tres modos distintos de dibujar una montaña también en forma triangular... Estos signos han sido grabados en el anillo central del medallón sobre el pectoral de la coraza.

–Es decir, el que representa al enigma en el cual ahora nos encontramos –dedujo Temikos.

–Parece obvio, pero ¿qué significan? –preguntó Asterio–. ¿Cómo reconoceremos en estos signos el modo de escapar de aquí? ¿Dónde se encuentra la clave de salida?

—¡Ah! ¡Buena pregunta! Eso es lo que nosotros tendremos que averiguar —respondió Héctor sin dejar de observarlos a la luz de las antorchas—. Los signos tienen que hacer referencia a uno de estos cuatro elementos: agua, aire, tierra o fuego. Existe un elemento para cada una de las claves de los cuatro laberintos. Esa es la única ayuda con la que contamos para descifrarlas.

—Entonces, todos estos triángulos y tridentes tienen que hacer referencia a la tierra —dedujo Raukos—. ¿Acaso no representan esos triángulos encadenados a las montañas?

—No lo creo —discrepó Héctor, acercándose hasta los dibujos a los que se refería Raukos—. Diría más bien que hacen alusión al fuego... o tal vez a los volcanes.

—Bien podría ser... —convino Temikos—. Pero ¿y los tridentes? ¿Qué significado pueden tener?

—La fuerza de los metales —respondió Asterio—. La extracción y manipulación de ellos en las forjas. ¿Qué otra cosa podría significar el tridente de bronce del propio Poseidón que no fuera el poder y el dominio del fuego sobre los metales?

—¡O sobre los mares! —opinó Binnos entonces.

—No estoy de acuerdo —discrepó Temikos—. Pienso que Asterio está en lo cierto; más bien parece que estamos siendo sometidos a pruebas iniciáticas típicas de metalúrgicos.

—Sea como fuere, tenemos que encontrar un nexo común entre ellos, algo que reúna todas las partes dispersas en un único punto —dijo Héctor recorriendo la cámara lentamente—. Si averiguamos esa conjunción de signos, daremos con la clave del laberinto. Binnos, ¿recuerdas algún grabado especial que hiciese referencia a ello, algo diferente o particular al resto que te llamara la atención cuando lo realizabas?

−¡Sí, por supuesto! −exclamó−. ¡Claro que me acuerdo! Había una única representación que bien podría encajar con lo que estás diciendo. Se trataba de un triángulo vacío en cuyo interior se encontraba una forja formada a su vez por dos triángulos unidos por uno de sus lados. Sobre este se apoyaba otro triángulo más pequeño del cual surgía el tridente. Es cierto, y también lo es que no realicé otro igual a ese.

−¡Busquémoslo entonces! ¡Esa tiene que ser la clave! −exclamó Héctor, esperanzado.

Revisaron la cámara palmo a palmo hasta que de pronto Raukos anunció triunfante el hallazgo. El dibujo descrito por Binnos se encontraba situado en el techo, entre las dos gruesas columnas centrales, flanqueado a su vez por otro mar de símbolos y diseños geométricos que lo ocultaban. De inmediato, todos acudieron a identificar la clave. Situados al pie del símbolo, contemplaron lo que debería ser la representación de una montaña en cuyo interior se llevaba a cabo la fundición de los metales.

−Tenías razón, muchacho −dijo Temikos satisfecho−. Y ahora, ¿qué hemos de esperar?

−Pues no lo sé... −Héctor se encogió de hombros.− Sabemos que tiene que existir algún modo de salir de aquí relacionado con lo que acabamos de descubrir... ¿Se os ocurre alguna idea?

Poco después, un ruido ronco y chirriante penetró con fuerza en la sala. Recorrió el suelo y las paredes como si las arañasen desde el exterior con algún objeto grueso y punzante. Los cretenses contuvieron la respiración, mirándose entre ellos con gesto expectante.

—¿Habéis oído eso? —murmuró Temikos.

Asterio se aproximó a Temikos, que se encontraba entre las dos columnas, al pie del signo que acababan de descubrir, mientras que Binnos y Raukos retrocedían varios pasos para unirse a los demás.

—¿Qué ha sido eso? —se preguntó Héctor, arrimándose a sus compañeros.

Un segundo más tarde, el suelo empezó a moverse y parte de los muros comenzaron a cambiar de forma, abriéndose unos y adentrándose otros.

—¡Manteneos unidos! —les pidió Temikos tratando de conservar la calma.

Entre agudos gemidos, el techo se fue deformando sobre sus cabezas; los bloques de piedra que lo conformaban desaparecían en algunos casos y dejaban entrever peligrosos huecos que se perdían en la oscuridad, en medio de estridentes golpes. Otros quedaban desplazados u ocultos, o bien se deslizaban formando rampas ascendentes y descendentes. La misma losa, en la que se encontraban todos agrupados, continuaba cediendo, y, sobre ellos, otros bloques comenzaron a girar con gran precisión.

Aterrados, no supieron hacer otra cosa que fundirse en un prolongado abrazo, cerrar los ojos y esperar su final con profunda resignación.

Sin darse cuenta, ellos mismos habían accionado con su propio peso el mecanismo de apertura del laberinto al situarse todos juntos en un mismo punto, justo debajo del signo que lo desbloqueaba.

Más tarde, los últimos bloques emitieron un solitario golpazo al ajustarse con precisión en algún punto ignoto.

Cuando los cretenses abrieron los ojos, nada de lo que los rodeaba tenía que ver con la cámara en la que se encontraban momentos antes. Frente a ellos se abría un nuevo laberinto en cuyo interior habían quedado encerrados.

La nueva estructura constaba de diferentes galerías que irradiaban del punto central en el que ahora ellos se encontraban.

Estaban pintadas con espirales encadenadas, peces, conchas, caracolas, plantas, estrellas, pulpos y demás seres marinos.

–¡Por todos los dioses! –exclamó Héctor–. Hemos resuelto el primer enigma para quedarnos encerrados en el segundo laberinto.

–En mi vida había presenciado nada semejante –manifestó Asterio, aturdido–. Si uno de nosotros hubiera estado alejado del preciso lugar en el que aún nos encontramos, es posible que ahora no estuviera vivo.

–Tienes razón –convino Raukos, que enarbolaba su antorcha mientras observaba las decoraciones que los rodeaban–, y por ello creo que la mejor protección que podemos hacer de nuestras vidas a partir de ahora es la de mantenernos siempre unidos.

–¿Y quién nos asegura que todos los laberintos respondan al mismo tipo de mecanismo? –receló Temikos–. ¡La solución de este nuevo bien podría tener una clave opuesta!

–Así también lo creo yo –lo secundó Asterio–. No podemos bajar la guardia ni fiarnos de nada. Nos va la vida en ello.

–Entonces, ¿qué se supone que deberíamos hacer? –preguntó Binnos.

–Lo más lógico será aplicar el sentido común en cada caso... –dijo Héctor–. De momento, concentrémonos en resolver el enigma que tenemos delante.

–Recuerdo bien los grabados que realicé en el interior del segundo anillo –dijo Binnos– y en ningún momento tuve que reproducir nada semejante a lo que aquí veo.

–¿Y qué fue entonces lo que copiaste sobre el pectoral? –le preguntó Héctor.

–Un pulpo –les dijo–, siempre un pulpo con dos grandes ojos bien abiertos rodeado de sus ocho tentáculos. ¡Eso es lo que grabé en el segundo anillo!

–Ocho tentáculos... como estas ocho galerías que se abren a nuestro alrededor –observó con acierto el muchacho al contarlas–. Sin duda no se trata de ninguna coincidencia: aquí tenemos el primer indicio...

Las luces de las cinco antorchas iluminaban con fuerza las paredes y entradas distribuidas en torno a ellos. Ocho bocas negras, inquietantes y misteriosas.

–¿A qué esperamos? –Partió Temikos en su busca.– Encontremos ese imagen entre todos estos dibujos. ¡Tiene que estar por alguna parte, en una de estas galerías!

Héctor, Temikos, Asterio, Raukos y Binnos iniciaron la búsqueda adentrándose por uno de los pasadizos, el primero que se abría de frente a ellos. No era demasiado alto, y más bien estrecho, de trazado sinuoso y muy profundo, pues, desde su entrada, a la luz de las antorchas no se conseguía alumbrar el final, que permanecía a oscuras.

Avanzaron por él lentamente.

Sobre las paredes rugosas, pintadas de un azul añil intenso y brillante, había dibujadas imágenes bellísimas de seres marinos: delfines surcando las olas, peces voladores, rocas, corales, esponjas, praderas de algas, conchas y caracolas de diversos tipos y tamaños, similares, en cierto modo, a la decoración de la antesala del taller de Melampa, como si su constructor hubiera encontrado inspiración en aquella para la ejecución de este segundo laberinto.

Un muro de roca, recubierto de gruesas caracolas marinas incrustadas en él, sellaba el final del corredor, así es que retrocedieron para regresar al punto de partida.

Temikos y Binnos repitieron la inspección escogiendo al azar otra de las galerías, si bien el resultado fue siempre el mismo. Raukos y Asterio continuaron por otra, y, mientras tanto, el joven Héctor revisaba las paredes de la estancia que daba acceso a todas ellas, sin encontrar nada que pudiera coincidir con lo que estaban buscando.

¿Qué peligros podía ocultar aquel lugar que a simple vista ofrecía una imagen tan habitual en la cotidianidad de todos ellos, la del agua, la del océano repleto de vida?

Héctor quiso sospechar; necesitaba hacerlo por el innato instinto de supervivencia con el que nace todo ser humano. No en vano se encontraban en una nueva trampa mortal, de gran belleza, eso sí, y tal vez en ella residiera precisamente el peligro del cual debían alejarse, pero que ninguno de los cinco conseguía identificar.

Raukos y Asterio regresaron juntos de la última inspección, con sus antorchas en la mano. En sus gestos tensos se adivinaba el mismo recelo que Héctor había puesto de manifiesto poco antes.

–Si debo ser sincero, a mí esto me da muy mala espina –les confesó Temikos después de haber examinado en solitario la última y octava galería–. Me siento como un pez a punto de morder el anzuelo.

–Tal vez se trate exactamente de eso... –dijo Raukos con voz grave–. Yo tampoco me fío un pelo de este idílico escenario marino.

–En ese caso, deberíamos averiguar qué clase de cebo es el que esconde el anzuelo que nos tienen preparado. –Héctor echó de nuevo una ojeada a las bellas escenas que los rodeaban y que la luz de las antorchas se encargaba de reavivar.

–Todos estamos de acuerdo en que el agua es el elemento dominante en este laberinto –reflexionó Temikos en voz alta–, pero de qué forma o en qué modo tenga relación con la imagen del pulpo que buscamos es algo que aún no alcanzo a comprender.

–Hemos encontrado muchos diseños de pulpos, iguales al descrito por Binnos, repartidos por los ochos túneles que conforman el laberinto –dijo Asterio–. ¿Qué se supone que deberíamos hacer con ellos? ¡No son más que dibujos pintados sobre un muro!

–¿Alguno tiene una brillante idea? –preguntó Raukos, entonces, retirándose el sudor de la frente.

–Yo no... –dijo Binnos.

–La luz de las antorchas no durará eternamente –observó Asterio–. Tenemos que esforzarnos por encontrar la clave antes de que eso ocurra...

El tiempo empezó a pasar sin que nada extraño sucediera. No aparecieron trampas, ni muros que cambiasen de posición, ni puertas que se cerrasen o abriesen por más que presionaron las imágenes. Nada de nada. Se adentraron una y otra vez por los ocho largos corredores que lo componían. Su sinuoso recorrido quedaba trazado mediante un tentáculo azul pintado en el suelo del túnel que partía siempre del punto central en el cual habían aparecido los cretenses.

–¿Estás seguro, Binnos, de que no recuerdas nada más que la imagen de un pulpo grabado sobre el pectoral? –volvió a insistir Héctor delante de una escena de corales en donde había tres cefalópodos pintados de gris junto a varios cangrejos y dos anémonas marinas.

–¡Ya os lo he repetido cientos de veces! –replicó Binnos, molesto por la insistencia–. Si supiera algo más ya os lo habría dicho, ¿no creéis?

–Sin embargo... tiene que haber algo en ese grabado que sea diferente...

–¿Es que acaso dudáis de mí?

–No es que dudemos de ti –alegó Asterio abriéndose de brazos–, pero hasta ahora hemos sido incapaces de encontrar nada que pueda ayudarnos a salir de aquí.

De pronto, un intenso rumor de agua comenzó a recorrer el exterior de las paredes del laberinto. Parecía como si una corriente marina fluyera por encima de sus cabezas y luego por debajo del suelo, chocando contra las rocas. Del interior de los dibujos de las caracolas marinas se abrieron numerosos orificios por los cuales comenzaron a salir chorros de agua disparados con gran fuerza. En pocos segundos, los tentáculos azules pintados sobre el suelo de los ocho corredores dieron la impresión de cobrar vida bajo el agua en movimiento.

El laberinto empezó a inundarse.

El rumor de las corrientes y los constantes temblores y crujidos que se escuchaban en torno a ellos contribuían a hacer más dramática la situación.

Binnos corría de una boca a otra seguido de Temikos, y Raukos se afanaba por taponar las caracolas con sus puños, a sabiendas de que de nada serviría y creyendo enloquecer ante lo parecía inevitable: ¡morirían ahogados allí mismo!

Fue entonces cuando los ocho corredores comenzaron a replegarse sobre sí mismos, acortándose unos tras otros, mientras el nivel del agua seguía subiendo de forma alarmante.

En muy poco tiempo el laberinto quedó reducido de forma drástica en torno a ellos, una vez que los ocho pasillos hubieron desaparecido. Todo lo quedó de aquel fue un perfecto prisma octogonal, en cuyo interior las vidas de sus prisioneros ya no valían gran cosa. Solo los dos ojos de uno de los pulpos pintado sobre el techo observaban fríamente desde lo alto a sus víctimas a punto de ser devoradas por las aguas.

–¡Moriremos todos! –gritaba Asterio muy nervioso.

–¿Qué podemos hacer? ¡El agua nos llega ya a la cintura! –exclamó Temikos.

–¡No perdáis la calma! –les pedía Raukos alzando su antorcha bien en alto.

El agua caliente y con un fuerte olor a azufre seguía entrando a raudales, imparable.

Héctor se resistía a aceptar el final. ¡Por alguna parte de ese reducido espacio debía encontrarse una posibilidad de fuga, una salida! Dejó en manos de Raukos su antorcha, y, tomando una buena bocanada de aire, buceó entre las ocho paredes que conformaban el prisma casi inundado. Presionó los dibujos de los pulpos que encontró y trató inútilmente de taponar las entradas del agua, que no dejaba de fluir por las bocas de las caracolas marinas.

Fue solo entonces, a punto de volver a la superficie, cuando se dio cuenta del único detalle que les había pasado desapercibido hasta ese momento: ¡los ojos del pulpo pintado sobre el techo, el más grande de todos! Sus pupilas se miraban hacia sí mismas, y lo hacían porque, con toda seguridad, en ellas se encontraba la clave que estaban buscando.

Era la única hipótesis sólida que se le ocurrió. Y si su intuición no había sido inspirada por la diosa Madre, su vida correría la misma suerte que la de todos los demás. ¡Morirían ahogados!

Una de las antorchas cayó al agua cuando Binnos, el más bajo de los cinco, tuvo que soltarla al no hacer ya pie. Sin perder un instante, Héctor se izó como pudo entre Raukos, Temikos y Asterio, quienes lo elevaron hasta que pudo alcanzar los grandes ojos negros del pulpo pintado en un ángulo del techo. Héctor se apoyaba ahora, con su antorcha en la mano, sobre los musculosos hombros de los tres cretenses que lo sostenían a duras penas.

–¡Oh! ¡Date prisa, muchacho! ¡Encuentra la salida o moriremos aquí dentro de muy poco!

–¡Hago lo que puedo, Temikos! ¡Vosotros no soltéis las antorchas, por lo que más queráis! ¡Si nos quedamos a oscuras, estamos perdidos!

—Me hago cargo, muchacho, pero... ya me llega el agua al cuello... —dijo Asterio, alzando la barbilla un poco más, al tiempo que se esforzaba por mantener en alto la llama de su antorcha y trataba de no quemar al muchacho que seguía subido sobre sus hombros.

El nivel del agua continuaba subiendo.

—¡Resistid, resistid! —Héctor toqueteó los ojos del pulpo sin éxito alguno, convencido de que en ellos se encontraba la clave. Los golpeó con rabia y desesperación, ayudándose esta vez de la empuñadura de bronce de su daga, hasta que, de pronto, los ojos terminaron cediendo.

Un grito de alegría acompañó su victoria, justo en el mismo instante en que otras tres antorchas terminaron cayendo al agua una tras otra, y, con ellas, Raukos, Temikos y Asterio, que habían dejado de hacer pie.

Héctor tuvo que aferrarse a los dos huecos dejados por los ojos de pulpo, y su cuerpo quedó suspendido por un brazo, mientras que con el otro sostenía como podía la única antorcha que les quedaba encendida.

—¡Lo he conseguido! ¡Lo he conseguido! —gritó Héctor al verlos emerger con los rostros congestionados por el esfuerzo.

No tuvieron que esperar mucho más para comprobar cómo un enorme vano se abría por el mismo techo, mientras el agua seguía subiendo hasta terminar de inundar el segundo laberinto.

Para entonces, ya habían conseguido salvar sus vidas deslizándose por la abertura que los colocaba a las puertas de un nuevo reto.

Héctor se alzó enarbolando la antorcha en medio de las tinieblas. A su alrededor no vio otra cosa que escaleras talladas en la roca. Unas subían hasta desaparecer entre sus propias sombras; otras bajaban, giraban o se cruzaban entre ellas, a la derecha o a la izquierda, pero también terminaban disolviéndose en la oscuridad.

–¡Si esto no es un laberinto de escaleras, que me caiga un rayo del propio Zeus! –exclamó el muchacho al tiempo que escuchaba el fuerte jadeo de las respiraciones de sus amigos–. Y no parece que tengan fin... –añadió.

El calor y la humedad eran muy intensos y, a pesar de llevar sus cuerpos chorreando de agua, sudaban con profusión.

Binnos se puso en pie y les recordó entonces los signos que había grabado en el tercer anillo:

–Serpientes onduladas con cabeza en forma de antorcha mirando al exterior del anillo, hacia el cuarto y último –precisó así, después de pasarse la mano sobre el rostro mojado–. Eso fue lo que hice exactamente. Excepto una de ellas –puntualizó–; la más grande de todas no tenía cabeza... o no la tenía como las demás, quiero decir. Parecía más bien un cuadrado hueco, sin ojos ni boca.

–Serpientes..., antorchas..., un cuadrado hueco por cabeza..., pero ¿cuál es su significado aquí dentro? –se preguntó Héctor–. ¿Qué tendríamos que buscar en este enjambre de escaleras y peldaños irregulares?

–¡Oh! ¡Odio las serpientes! ¡Siempre las he odiado! –se lamentó Asterio–. Espero que este lugar no esté lleno de ellas...

–Exploremos el laberinto –propuso entonces Temikos, incorporándose con la ayuda de Raukos.

—¡Estoy de acuerdo! ¡Comencemos cuanto antes! —Héctor arrancó el paso subiendo por la primera escalera que partía a su derecha.

Los cuatro cretenses lo siguieron mientras la llama de la única antorcha que les quedaba bailaba en la oscuridad del inquietante lugar.

Caminaron en silencio, con temor, en medio de un aire tan húmedo, caliente y pegajoso que costaba respirar. La antorcha de Héctor parecía un insignificante punto de luz en un mar de tinieblas que se extendía en cualquier dirección. Del techo goteaba agua procedente de la intensa condensación del aire húmedo sobre la roca de la caverna en donde habían construido el laberinto, y los peldaños, húmedos y viscosos, se hacían muy resbaladizos.

Ninguno de los cinco pudo hacerse una idea clara de las dimensiones exactas del laberinto. La oscuridad se lo impedía; una sola antorcha no bastaba para abarcar el mar de centenares de escaleras irregulares, rodeándolos en una complicada y caprichosa estructura arquitectónica.

De este modo, cuanto más caminaban, más difícil resultaba orientarse y saber qué dirección tomar delante de una nueva bifurcación.

Pasadas varias horas de marcha, Temikos pidió a Héctor que se detuviera; habían llegado a un amplio rellano del cual partían cinco escaleras, tres hacia la derecha, de las cuales dos subían y una bajaba, y otras dos hacia la izquierda, ambas de subida, pero de trazado muy tortuoso e irregular.

—¿Y ahora qué hacemos? —preguntó Héctor alzando la antorcha en medio al cruce—. A partir de aquí, el laberinto se complica aún más...

Temikos cogió la antorcha y se adentró por la primera escalera que subía; cuando llegó al final, echó un vistazo desde lo alto.

–¡Oh, no! ¡Que los dioses se apiaden de nosotros! –exclamó abrumado.

–¿Qué sucede? ¿Qué has encontrado? –le preguntó Héctor a gritos.

–¡No hay forma de saber cuál sea la elección más adecuada! –respondió, desalentado–. ¡El laberinto se expande en cualquier dirección a la que mire! ¡Este lugar no tiene ni principio ni final!

–Empiezo a creer seriamente que sea inútil seguir caminando... –declaró Raukos–. Así no resolveremos la clave de las serpientes. ¡Aquí solo hay escaleras! ¡Escaleras y más escaleras que no conducen a ninguna parte!

–¡Oh! ¡Ya no puedo dar un paso más! –protestó Raukos, dejándose caer a mitad de aquella en la que se encontraban. ¡Estoy sediento y agotado! Si al menos tuviéramos un poco de agua fresca... Hace horas que sudamos sin parar.

–Es cierto –lo reconoció Héctor–. ¡Este calor es insoportable!

–¡Yo tampoco puedo más! ¡Continuad sin mí! –anunció de pronto Asterio.

–Pero ¿qué barbaridades se te ocurren? –lo reprendió Raukos–. No te puedes quedar aquí solo, a mitad de la... ¡nada! ¡Tienes que hacer un esfuerzo y seguir caminando hasta que encontremos la clave!

–Tampoco contéis conmigo –se le sumó Binnos, con la respiración entrecortada–. Mucho me temo que ni Asterio ni yo estemos en condiciones de seguir adelante. ¡Este maldito laberinto ha terminado con las pocas fuerzas que nos quedaban!

—¡Os habéis vuelto locos los dos! —les increpó Temikos con dureza—. ¡Ninguno de nosotros se quedará atrás! ¡Vamos! ¡Levantaos, os digo!

—Glauco tenía razón: no saldremos vivos de aquí —le recordó Binnos en ese momento—. De poco nos ha servido conocer la clave del medallón; hemos sido incapaces de descifrarla. Ha transcurrido demasiado tiempo como para no encontrar la salida... Continuad sin nosotros. Lo sabéis bien que desde hace horas nosotros dos no somos más que un lastre...

—¿Es que no comprendéis que no podemos abandonaros? —se opuso Héctor con determinación—. Temikos, Raukos y yo no podemos continuar sin vosotros. Sería como... si nosotros mismos os condenásemos a una muerte segura. ¡No podéis hacernos esto! ¡No después de lo que hemos pasado! ¡Tenemos que llegar juntos hasta el final!

—Es inútil que insistáis —replicó Binnos, mostrándose firme— ¡Nuestras fuerzas no son las mismas que las vuestras! Ya no somos tan jóvenes... No es tan difícil de comprender.

—Desde luego tampoco podemos obligaros a seguir si vuestra decisión es la de permanecer aquí —habló Temikos, tomando asiento al lado de Binnos y Asterio.

—Dividámonos en dos grupos —les propuso Héctor en ese momento—. ¡Sí! ¡Eso es lo que haremos! —exclamó—. Es posible que de este modo nos ayudemos mutuamente a resolver el enigma de este laberinto.

–Tal vez sea una buena idea... –Estuvo Raukos de acuerdo–, pero nos obligará a seguir direcciones distintas.

–Lo que, por otra parte, duplicaría nuestras posibilidades de encontrar la salida –argumentó Asterio.

–Es cierto...–convino Temikos.

–¡Os lo dije que era una buena idea!

–Tú, Binnos, conoces la clave y, por tanto, junto a Asterio tendréis las mismas oportunidades que nosotros de descifrarla.

–Me alegro, Raukos, de que así lo entiendas –respondió Binnos–. Sin embargo, antes de separarnos, dejadme que os dé a conocer la última clave del medallón. Si no volviéramos a encontrarnos, la necesitaréis... –Se acomodó sobre el escalón de piedra y dijo:– Escuchadme todos con atención –la luz de la antorcha acentuó con fuerza sus profundas ojeras–: el último dibujo grabado sobre el anillo del pectoral representa dos rostros, iguales pero enfrentados. Uno mira a levante. El otro a poniente. Espero que, en su momento, alguno de nosotros consiga descifrar su significado.

–Lo averiguaremos juntos, Binnos –le respondió Raukos, propinándole una palmada sobre el hombro antes de alzarse–. Nos volveremos a encontrar. ¡Tenedlo por seguro!

Entre Temikos y Héctor improvisaron un rudimentario candil con algunos jirones de tela de sus vestimentas, que impregnaron con un poco de cola de pez de la última antorcha. Luego colocaron todo encima de un fragmento de roca que Héctor consiguió golpeando con su daga sobre el borde de un escalón medio roto.

–Es justo que dividamos la poca luz que nos queda –dijo Héctor al avivar las primeras llamas sobre la lucerna.

–¡Oh! ¡Gracias, muchacho! –exclamó Asterio–. Ahora sí debéis marcharos. Ha llegado el momento de separarnos.

Visiblemente emocionados, Héctor, Temikos y Raukos reemprendieron el camino y comenzaron a subir por otra escalera de peldaños anchos y muy altos que dibujaba una acusada curva hacia la izquierda.

Pasado algún tiempo, Héctor echó la vista atrás como no había dejado de hacerlo desde que se produjo la separación, pero no alcanzó a distinguir la luz del candil. «¡Binnos, Asterio! ¿Podéis oírme? ¡Contestadme si escucháis mi voz!», les gritó más de una vez. Sin embargo, la única respuesta que obtuvo fue la del eco de sus propias palabras, que rebotaban en el interior del laberinto.

A partir de entonces, nada más supieron de ellos.

Quedaba ya muy poco tiempo para que la antorcha terminara por extinguirse. Significaba el fin. Era evidente que la oscuridad crecía siempre un poco más, y en medio de ella no se veía nada, tal y como Glauco había descrito en el cruel acertijo que le planteó a Temikos la primera vez.

Héctor, Temikos y Raukos continuaron avanzando en silencio, sin rumbo y completamente desorientados. Después de caminar durante horas, no habían encontrado más que un mar de escaleras talladas en la roca que no conducían a ninguna parte.

Pero, de repente, un grito atravesó las tinieblas haciendo estremecer a los tres prisioneros.

—¡Ehhhhh! ¡Raukos, Héctor, Temikos...! ¡Estamos aquí..! ¿Podéis vernos...?

—¡Por todos los tritones, son ellos! —exclamó Raukos deteniéndose de golpe a mitad de la escalera de anchos y rugosos peldaños.

Era la voz de Binnos. Los llamaba desde algún punto irreconocible dentro del laberinto. A la luz trémula de la antorcha que Temikos portaba, Héctor y Raukos escrutaron a su alrededor sin éxito alguno.

—¿Dónde estáis? ¡No conseguimos veros! —gritó Temikos a la oscuridad alzando la antorcha, mientras su propia voz rebotaba de un lado a otro y los ecos se fundían hasta enmudecer.

—¡Aquí..., aquí..., aquí...! —repetía el eco de forma caprichosa, una por su izquierda, y luego por su derecha, como si la voz procediera de ambas direcciones.

Temikos subió la escalera de un tirón para alcanzar su final. Necesitaba alcanzar el punto más alto que pudiese para tratar de localizarlos desde allí.

—¡Allí están! —exclamó de pronto, señalando la intersección de un grupo de escaleras no muy distante de donde él se encontraba. Descendió otros veinte peldaños más, giró a la izquierda para subir cuatro escalones y volverlos a bajar hasta otro entramado de escaleras. Desde allí se encaminó hacia el cruce en donde ya lo esperaban Binnos y Asterio.

Fue justo entonces, mediante ese sencillo y espontáneo gesto que Temikos realizó al alejarse de Raukos y Héctor, lo que desencadenó en el muchacho un efecto inesperado; el perfil serpenteado de la escalera por la que Temikos descendía, portando la antorcha en alto mientras se dirigía hacia sus compañeros, se recortó sobre el muro de otra escalera contigua. Efectivamente, aquella silueta sinuosa de la cual despuntaba el extremo de la antorcha humeante parecía ¡una enorme serpiente con la cabeza en llamas, idéntica a la descrita por Binnos!

Héctor sintió una fuerte punzada en la boca del estómago al darse cuenta, en ese preciso instante, de que acababa de descifrar parte de la clave del tercer laberinto: el enigma de las serpientes dibujadas en el pectoral de Glauco.

–¡Mirad! ¡Fijaos allí, en la sombra proyectada sobre aquel muro! –gritó Héctor a los demás, indicando la silueta recortada.

–¡Sombras! ¡Solo eran eso, sombras! –Raukos soltó una gran carcajada al aire–. ¡Las serpientes dibujadas sobre el pectoral de bronce eran las sombras de las mismas escaleras por las que no hemos dejado de subir y bajar durante todo ese tiempo, un juego constante de luces alimentado por la llama de la antorcha!

–¡Oh! ¡Pero qué estúpidos hemos sido! –se reprochó Asterio–. ¿Cómo no nos hemos dado cuenta antes de algo tan obvio?

–Dédalo sabía que solo se podría caminar en la oscuridad del laberinto ayudado por la luz de las antorchas –dedujo Héctor, entonces–, y que las sombras proyectadas por un prisionero dibujarían figuras repetidas de serpientes a lo largo de su deambular.

–¡Hemos tenido la clave en la mano durante todo este tiempo mientras caminábamos sin rumbo, y ninguno había caído en ello! –concluyó Temikos, admitiendo su torpeza.

—Sin rumbo... pero en un espacio reducido –observó Raukos solo entonces–, porque ahora me consta que el laberinto no es ilimitado como creíamos. Si nos hemos reencontrado con Binnos y Asterio ha sido gracias a que no hemos hecho otra cosa que girar en círculo, subir escaleras que, previamente, ya habíamos bajado. ¿Os dais cuenta? La oscuridad y esta maraña de tortuosos peldaños irregulares, cortados en la roca sin orden alguno, han sembrado en nuestras mentes el caos y la desorientación absolutos.

—¡Es cierto! –lo reconocieron los demás.

—Siendo así, solamente nos queda descifrar una última parte del laberinto para escapar de aquí –les recordó Binnos–. ¿Qué significa entonces la figura de la serpiente con un rectángulo hueco por cabeza?

—No puede ser otra cosa que la representación de la salida del laberinto –razonó Héctor.

—¡Oh, sí! Pero ¿dónde demonios se encuentra? –inquirió Binnos.

—En la oscuridad –se aprestó Temikos a responder–. Estoy convencido de que el acertijo que Glauco me planteó en la Sala de los Escudos encerraba en sus palabras la clave de este maldito laberinto.

—¡No tiene mucho sentido lo que dices! –discrepó Binnos de inmediato–. Hemos permanecido aquí dentro durante horas, tiempo más que suficiente para haber dado nosotros mismo con la clave.

—Binnos, si la respuesta se encuentra en la oscuridad –se adelantó Raukos, habiendo comprendido lo que Temikos acababa de sugerirle–, tendremos que provocarla apagando la antorcha.

–¿Apagando nuestra única antorcha? ¡Oh, no! ¡De ninguna manera! –se opuso Binnos de inmediato–. ¡Sería como perder nuestra última oportunidad de salir vivos de aquí! Si fuera cierto lo que sospecháis, Asterio y yo habríamos visto algo después de que se extinguiera la lucerna, y os puedo asegurar que, durante el tiempo que transcurrimos a oscuras hasta que volvimos a ver la luz de vuestra antorcha, no pudimos vernos ni las uñas de las manos. ¡No hay nada más cruel que permanecer a la espera de la muerte envueltos en una oscuridad como esta!

–Tal vez no visteis nada porque no creísteis que pudiera esperarse otra cosa que no fuese la presencia de la muerte –le respondió Héctor–. Estoy igual de convencido que Temikos, o tal vez más, de que debemos intentarlo. La serpiente sin cabeza es el final del camino detrás del cual se encuentra la puerta de entrada al último enigma.

–¡No! ¡No lo hagáis! ¡Os lo suplico! –imploró Binnos sujetando a Temikos por el brazo–. ¡Si os equivocáis, moriremos todos aquí dentro, sepultados vivos! ¡No estáis seguros de lo que decís!

–La luz de la antorcha se extinguirá de todos modos –trató Asterio de hacerlo razonar–. Adelantar ese momento no nos cambiará el destino.

–¡Yo me opongo a vuestra decisión! –se le encaró Binnos, muy nervioso.

Comenzó un duro forcejeo por hacerse con la antorcha que finalizó con su caída de manos de Temikos y su inevitable pérdida al precipitarse escaleras abajo para extinguirse con un último golpe fatal.

–¡Nooooooooooooooo!

El grito desgarrador de Binnos rebotó con su eco interminable de un lado a otro del laberinto, sumergido para entonces en la más completa oscuridad.

Luego, el silencio y la expectación se adueñaron de todo. Si Temikos, Raukos, Asterio y Héctor estaban en lo cierto, no tardarían en descubrirlo.

Binnos, abatido por el cansancio y el desconsuelo ante la pérdida de su última esperanza, empezó a gimotear. Alguien se sentó a su lado y lo envolvió en un abrazo; era Temikos, que trataba de confortarlo.

Sin embargo, poco después sucedió algo.

Fue Héctor el primero en advertir cómo, al mismo pie de la escalera en la que había caído la antorcha, se vislumbraba una imagen rectangular.

Brillaba con el mismo resplandor de las algas irisadas que había visto en la caverna en donde las almacenaban para Glauco, y se recortaba sobre el amplio descansillo que daba acceso a tres escaleras ascendentes. Héctor se alzó y descendió los quince escalones que lo separaban de la figura luminosa, mientras el rectángulo de luz cobraba intensidad.

El corazón le latía con fuerza cuando gritó a los demás:

—¡Aquí está la cabeza hueca de la serpiente! ¡Esa es la salida! ¡La he encontrado!

Los cuatro cretenses se apresuraron a alcanzar el rellano, pero, al llegar, el brillo comenzó rápidamente a debilitarse. De repente, sintieron un par de golpes secos bajo sus pies. Del rellano surgieron cuatro nuevos peldaños que, al deslizarse en una acusada rampa descendente, pusieron al descubierto el acceso a otro túnel. Una intensa luz lo iluminaba.

Era la entrada al cuarto y último laberinto.

–¡Maldigo a Glauco! ¡Maldigo su crueldad! ¡Y también maldigo a Dédalo ante sus retorcidas creaciones, fruto de un ser desprovisto de sentimientos! –gritó Héctor dolido y furioso ante lo que acababan de descubrir.

–¡Es imposible! ¡No puedo creerlo! –exclamó Temikos sobrecogido al adentrarse en la caverna recubierta de placas broncíneas que brillaban con fuerza–. ¡Hemos vuelto a la Sala de los Escudos!

–Y, por lo que parece –añadió Asterio que se encontraba detrás de Temikos–, esta vez nos han hecho protagonistas de los cientos de reflejos...

Deformando y fragmentando sus cuerpos del mismo modo que Glauco hiciera con el suyo, los prisioneros deambularon por la gran sala en busca de una salida. Sobre las paredes colgaban cientos de escudos dispuestos de tal forma que reflejaban las imágenes de unos sobre otros, distorsionándolas, reelaborando otras distintas. En uno de los lados, a gran altura, vieron una enorme cortina de lino. No resultó muy difícil saber que detrás de ella se ocultaba la pequeña cámara en donde ellos habían asistido a los dos encuentros velados con Glauco.

Las huellas del gigante estaban por todas partes; eran de unos enormes pies con seis dedos palmípedos marcados por el suelo. Un olor pestilente a pescado podrido rezumaba de algunas algas de brillos verdosos y azulados que habían quedado tiradas por el suelo.

¿Qué era lo que pretendía Glauco conduciéndolos hasta allí?, se preguntaron los cretenses. ¿Por qué hacerlos regresar al punto de partida? ¿Era allí donde deberían morir, en el interior de su misma morada, de su prisión en vida?

¿Ese era el significado de la última clave grabada sobre el pectoral? ¿La muerte en cualquier caso? ¿La reclusión en aquella gigantesca mazmorra de bronce cuyas superficies pulidas falseaban la realidad, aquella que ningún mortal desearía conocer, ni siquiera el propio rey Minos?

Sin embargo, Temikos, de carácter impulsivo y siempre crítico, desconfió desde un primer momento de que aquella solución fuera la respuesta al cuarto y último enigma.

–Os digo que aquí hay gato encerrado... ¡Tiene que existir otra explicación! –exclamó– Glauco no nos hubiera vuelto a ver después de lo ocurrido más que muertos; hacernos volver a su propia guarida, no me encaja...

–Pero, entonces, ¿qué sentido tienen las dos caras enfrentadas grabadas sobre el pectoral? –se preguntó Héctor, esforzándose por recomponer su rostro entre las placas broncíneas que lo rodeaban–. Yo creo que te equivocas, Temikos. La respuesta se encuentra aquí, en este juego de reflejos... Por alguna parte tiene que haber una imagen que corresponda a la de los dos rostros del medallón.

–El chico está en lo cierto –opinó Raukos.

De pronto, un potente rugido hizo reverberar su eco entre los escudos. Los prisioneros, alarmados de frente a la posibilidad de que Glauco estuviera a punto de aparecer maniobrando quién sabe qué ingenioso mecanismo de apertura en alguna puerta camuflada detrás de los escudos, se agruparon en el centro de la sala con el fin de protegerse.

–¡Manteneos unidos! –les ordenó Temikos expectante, abriéndose de brazos con la vista puesta en mil sitios a un mismo tiempo, incapaz de saber por dónde Glauco haría su temible aparición.

Héctor, esgrimiendo con coraje su daga, se encontraba dispuesto a luchar contra el gigante si fuera preciso.

–¡Vamos, cobarde, sal de una vez! –lo provocó así.

–¡Calla, muchacho! ¡No confundas el coraje con la insensatez! –le reprendió Asterio, asustado.

–¡Sabes de sobra, Glauco, que no tengo miedo! –prosiguió Héctor, haciendo caso omiso de las advertencias del herrero–. Si tenemos que morir, lo haremos luchando aquí mismo...

–¡Basta, Héctor! ¡Deja de retar al destino de todos! –lo calló Temikos.

Muchos escudos se balanceaban en las paredes emitiendo un tintineo metálico al golpear unos contra otros, y el temor de ver irrumpir al gigante después de haber visto el tamaño de sus huellas, mantenía sus corazones acelerados.

Un sudor frío les cubría la frente mientras la espera se prolongaba. Cuando, de pronto, un escudo se desenganchó de la roca precipitándose al suelo, todos lanzaron un grito de terror.

El tiempo comenzó a pasar sin que los temblores volvieran a repetirse. No parecía que nadie, ni Glauco ni Epiménedes, tuvieran intención de presentarse ante ellos.

–Envaina tu daga, Héctor; no tendrás ocasión de comprobar el tallo de su doble filo sobre el cuerpo de Glauco... Al menos por el momento –dijo Temikos, recobrando los latidos desacompasados de su corazón–. Ahora concentrémonos en encontrar el modo de escapar de aquí.

–¿Qué se te ocurre que hagamos? ¿Regresar a la forja y buscar el embarcadero? –le preguntó Raukos.

–Tal vez sería una interesante propuesta si fueras capaz de encontrar una salida entre todos estos escudos –observó Asterio–. No veo otra salida que no sea la entrada aún abierta del laberinto del cual acabamos de escapar.

–Sin embargo, yo os vuelvo a repetir que no estoy muy convencido de que realmente hayamos regresado a la Sala de los Escudos; esta caverna no me parece tan grande como la de Glauco.

–¿Cómo que no, Temikos? ¡Y qué más pruebas necesitas –le rebatió Héctor– si sus huellas están por todas partes! ¡Incluso los restos de su última comida!

Las palabras de Héctor quedaron interrumpidas cuando otra brusca sacudida, mucho más violenta que la anterior, hizo lanzar un grito unánime. Algunos de los escudos fijados al techo se desprendieron de golpe, precipitándose a gran velocidad para terminar clavados a pocos palmos de distancia de donde Binnos y Raukos se encontraban.

Pero esto fue solo el principio; luego cayeron más, y, cuando aquellos no habían llegado todavía a tierra, siguieron otros, a la vez que un ruido ensordecedor envolvía su caída y el suelo y las paredes se tambaleaban como un flexible entramado de cañas.

El pánico se apoderó de la situación al resquebrajarse el suelo en medio de una violenta y prolongada sacudida que cercenó de cuajo el túnel por el que cual habían accedido a la sala.

Entre gritos, los cretenses corrían de un lado a otro de la caverna, tratando de esquivar como podían la caída de los escudos, que continuaban desenganchándose del techo y las paredes.

Héctor, Raukos y Temikos buscaron refugio al amparo de la protección de un fragmento de muro desnudo, mientras que Binnos y Asterio fueron más desafortunados al no conseguir esquivar los golpes de algunos escudos cuando intentaban alcanzar un punto cualquiera fuera del centro de la cueva.

Los lamentos y quejidos se entremezclaron con los ruidos de las primeras rocas desprendidas, después de que la mayoría de los escudos yaciera ya por tierra.

La caverna se estaba hundiendo con sus cinco prisioneros dentro.

Poco más tarde, cesó el temblor, aunque ello no impidió que continuaran desplomándose algunas rocas más. Después de aquello, una nube de polvo y arena terminó por cubrir el efecto devastador del terremoto y remontó por encima de los escombros como el humo blanquecino de una hoguera recién apagada.

12

Un enemigo imprevisto

El rumor de las olas se extendía a lo largo de la playa salpicada de piedras volcánicas hasta alcanzar los primeros salientes rocosos.

Héctor abrió los ojos lentamente. A su alrededor reinaba el caos, pero pudo escuchar con claridad el rítmico batir del oleaje que llegaba con fuerza a través de una enorme grieta entreabierta en una de las paredes de la caverna.

Comenzó a liberarse de los escudos que se le habían caído encima, protegiéndolo en gran medida de los golpes de las rocas.

A su lado se encontraba Temikos. Aún no sabía si vivo o muerto. Del resto de sus compañeros fue incapaz de precisar su paradero. Zarandeó el cuerpo del orfebre y comprobó, aliviado, que solamente se encontraba aturdido. Temikos entornó la mirada con dificultad y apenas pudo articular algunas palabras para tranquilizar al muchacho acerca de su estado de salud; Temikos tenía un golpe en la ceja derecha que sangraba con profusión y había sufrido arañazos y cortes en una buena parte del cuerpo, pero corrió la misma suerte que Héctor al quedar sepultado bajo una montaña de placas de bronce.

Héctor se incorporó apartando restos de escudos doblados, abollados y partidos, así como todas aquellas piedras que consiguió empujar. Poco tardó en darse cuenta del resultado de aquella catástrofe. Aguzó la mirada entre la nube de polvo y alcanzó a divisar la playa que el sonido de las olas había creado en su imaginación. Se alzó sobre los escombros y, entonces, sin saber si creer lo que estaba viendo, comenzó a gritar con júbilo:

–¡Somos libres! ¡Somos libres!

Temikos no consiguió ver la playa, pero aspiró el perfume de la brisa marina cuando esta se adentró en lo que todavía quedaba en pie de la caverna. Había olvidado lo que era respirar una buena bocanada de aire fresco, y un gesto de alivio infinito se dibujó en su rostro exhausto.

–¡Lo hemos conseguido, Temikos! ¡Por fin somos libres! –exclamó Héctor envuelto en lágrimas–. Ya no habrá más laberintos, ni más pruebas que superar. ¡Hemos vencido! ¡Hemos vencido a Dédalo, a Glauco, a Epiménedes... al destino!

–Tienes razón, muchacho –respondió con la voz entrecortada por la emoción–. ¡Les hemos ganado la partida a todos ellos! ¡Vaya que sí!

Sus gritos de alegría se entremezclaron con otras voces, y también con ruidos de piedras y fragmentos de metal que se movían por alguna parte entre la montaña de escombros.

–¡Hay alguien más vivo...! –advirtió Héctor conteniendo la respiración–. Quédate aquí, Temikos. Iré a comprobarlo.

–Date prisa, muchacho. Es muy posible que estén heridos.

Héctor partió en su ayuda, saltando entre las ruinas y removiendo cuantas piedras y escudos encontraba a su paso. Poco después, escuchó gemidos y una llamada de auxilio, aunque no acertó a reconocer de quién se trataba ni de dónde procedía. Continuó moviendo rocas, llamándolos, hasta que por fin oyó la voz de Raukos.

–¡Eh! ¡Aquí, Héctor...! ¡Estamos aquí...!

–¿Dónde...? ¡No os veo!

–¡Aquí..., atrapados bajo las piedras!

A poca distancia de donde Héctor se encontraba, vio a Raukos agitando un brazo en alto y también el cuerpo inmóvil de Asterio. Ninguno de los dos tenía buen aspecto. Raukos jadeaba con la respiración entrecortada, y su único brazo visible se desplomó sin fuerzas sobre la espalda de Asterio. El polvo taponaba sus heridas sangrantes y gemía de dolor. Cuando Héctor llegó a su encuentro, tomó buena cuenta de la delicada situación en la que ambos se encontraban.

–Estad tranquilos y no perdáis la calma –les dijo–. Pronto os sacaremos de aquí. El terremoto ha destruido la caverna, pero ha abierto una inmensa salida a una playa. ¡Somos libres, somos libres! –les comunicó, infundiéndoles todo el entusiasmo que pudo.

–¡Oh, Héctor! ¡Qué gran noticia! ¿Y Binnos? ¿Está también contigo? –le preguntó Raukos entonces.

–No... –respondió, preocupado.

–La última vez que lo vi, corría hacia nosotros cuando le cayó encima una lluvia de escudos y rocas. Temo por él...

–Trataremos de encontrarlo, Raukos...

Héctor abandonó a los cretenses para ir en busca de Temikos, pero el orfebre ya había conseguido liberarse por cuenta propia y venía al encuentro de Héctor. Juntos procedieron al rescate de Raukos. Su dificultad para respirar hacía sospechar que se habría roto más de una costilla. Sin embargo, la situación de Asterio era mucho más grave: seguía inconsciente y una de sus piernas estaba aplastada bajo una roca, además de presentar un profundo corte ocasionado por un fragmento de escudo que todavía permanecía clavado en el muslo.

Entre Héctor y Temikos retiraron los escombros que pudieron. Sin embargo, resultó muy difícil trasladar el cuerpo de Asterio hasta la playa. Raukos tuvo que arreglárselas para salir por su propio pie, aunque no hacía otra cosa que pedir insistentemente que rescataran a Binnos.

Temikos quedó a cargo de los heridos tendidos en la arena, mientras que Héctor penetró de nuevo por la enorme fisura entreabierta en la roca en busca de su amigo. Revolvió entre las piedras y los escudos destrozados, pero, por más que lo llamó, Binnos no daba señales de vida.

Dentro de la cueva continuaban produciéndose nuevos derrumbes que estaban poniendo en peligro la vida de Héctor; cada paso que daba y cada llamada de auxilio no hacían más que aumentar el riesgo de que se viniera abajo lo que aún permanecía en pie. Terminó regresando a la playa sin haber hallado ni rastro de Binnos.

–No creo que haya podido sobrevivir... –le dijo Temikos nada más llegar–. Al igual que Raukos, yo también vi cómo el techo de la cueva se le desplomaba encima.

El testimonio de ambos era más que concluyente como para no albergar duda alguna acerca del dramático final de Binnos.

Un largo silencio, arrullado por el murmullo de las olas, recorrió el recuerdo de su compañero muerto. La ayuda de Binnos, el orfebre encargado de grabar las claves de los Cuatro Laberintos sobre el pectoral de Glauco, había sido vital para todos. Pero ahora Binnos ya no estaba entre ellos.

Héctor, emocionado, se frotó los ojos inundados de lágrimas y luego se acercó hasta los rompientes, tomó el amuleto de Melampa y los frascos y, furioso, arrojó todo al mar. El viento revolvía su larga melena oscura enredándosela en el rostro mientras clavaba la vista en el horizonte y sus pensamientos volaban lejos de allí.

–De nada hubieran servido los conjuros mágicos que portabas para salvarle la vida –le consoló Temikos, tomando al muchacho por el brazo–. Su destino ya estaba decidido por los dioses. Créeme, muchacho. Ahora tenemos que pensar en los que sí hemos sobrevivido. Dime, Héctor, ¿reconoces este lugar? ¿Sabes dónde nos encontramos?

–¡Oh, sí! –respondió entre sollozos, girándose de nuevo hacia la playa–. ¡Docenas de veces me habré bañado aquí sin sospechar que al otro lado de ese promontorio rocoso pudiera existir nada igual! Es el acantilado del cabo Stomión.

–¿Eso quiere decir que podrías llevarnos hasta el puerto de Akrotiri?

–Sí, por supuesto. No estamos muy lejos de él.

–Tal vez quede alguien allí o en la ciudad que pueda ayudarnos.

–Nos esperan en el puerto desde hace días –le comunicó Héctor entonces–. Ese era el plan acordado con mi padre antes de penetrar de nuevo en la gruta submarina para rescataros a todos vosotros: *El Eltynia* permanecería anclado a la entrada del puerto hasta nuestro regreso.

–Entonces, corre y da aviso de nuestra situación –lo apremió Temikos–. No podemos mover a los demás: su estado no es bueno. ¡Vamos, muchacho! Tenemos que escapar de esta isla lo antes posible; Glauco no tardará en poner en marcha sus planes, ahora que dispone de la armadura.

Del cielo no dejaban de llover cenizas calientes, y los constantes rugido del volcán, sumados a los temblores de tierra, rendían la situación cada vez más preocupante.

–Regresaré con mi padre, Temikos. ¡Tenlo por seguro! –dijo antes de marcharse.

Luego se alejó de la playa y trepó por los riscos que se alzaban delante de ella para alcanzar la estrecha vereda que serpenteaba la costa. Desde allí corrió hacia el puerto sin detenerse, mientras sus pisadas se grababan sobre el manto negruzco y caliente que todo lo cubría.

–Tenemos que alejarnos de aquí o, de lo contrario, la nave sufrirá más daños –urgía Dintros, una vez más, bajo la obstinada negativa de Axos de dar la orden de zarpar del puerto–. Hemos perdido parte del velamen, y ese maldito volcán no tiene intención de echar marcha atrás...

–Axos, Dintros está en lo cierto –intervino Lyktos, tratando de hacerlo entrar en razón–. El volcán es sabio y su furia es un aviso claro. ¡Debemos abandonar la isla!

–Sin Héctor no me marcharé. ¡Cómo queréis que os lo repita! Le di mi palabra, y sería la primera vez que no la cumplo. Héctor vendrá... Ya lo veréis...

–Axos, estamos poniendo en peligro nuestras propias vidas –se impacientó Dintros. Además, la tripulación se mostraba muy inquieta y tensa, ya que no comprendía por qué no habían abandonado aún la isla, después de haber cargado la estiba del gaulos con aquellas mercancías que habían venido a rescatar expresamente–. Pero ¿es que no te das cuenta? Llevamos días anclados y no hemos visto ni una gaviota sobrevolando el puerto. Tienes que aceptar la posibilidad de que la misión haya fracasado. Sabías que esto podía ocurrir...

Los ojos de Axos se inundaron de lágrimas después de las últimas palabras de Dintros, y cayó abatido. Su silencio fue la temible respuesta que no había querido barajar ni por un instante. Dintros comprendió y dio orden a la tripulación para zarpar de inmediato; Axos se sentía incapaz de hacerlo. El velamen, a pesar de haber sufrido importantes desperfectos por los impactos de algunas piedras volcánicas, cobró cuerpo con el viento, y *El Eltynia* tomó rumbo hacia el sudeste, de regreso a Creta.

Axos, asido al puente de mando bajo el castillete de popa cubierto por un toldo plano, no dejaba de observar la costa sintiéndose terriblemente culpable por su inminente partida, que consideraba casi un acto de traición a su propio hijo.

La isla rugía sin tregua.

Akrotiri se había convertido en un lugar infernal y fantasmagórico, en donde ya poco quedaba de su antiguo esplendor, de la vida placentera y rica que hasta ese mismo momento la había caracterizado. Pero, de repente, el rostro compungido de Axos estalló en un grito de alegría y su mirada se iluminó. Desde la costa, alguien trataba por todos los medios de hacer señas al navío, que se alejaba en alta mar.

–¡Es Héctor! ¡Es mi hijo! –exclamó eufórico–. ¡Allí, cerca de los astilleros! ¿Lo veis? ¿Lo veis? ¡Regresemos al puerto! –ordenó de pronto, retomando el control de la nave–. ¡Dintros! ¡Hazte con el timón! ¡Remeros, invertid la marcha! Y vosotros, ¡encargaos de los aparejos de la verga y la botavara!

En pocos instantes, *El Eltynia* había virado el rumbo y se dirigía de nuevo a la costa. Héctor decidió no esperar su regreso; cogió la primera *kymba* que encontró a mano y remó con todas su fuerzas hasta alcanzar la nave. Cuando llegó hasta su alargada proa, soltó los remos, se alzó en pie, y con la voz entrecortada por el tremendo esfuerzo, gritó:

–¡Por todos los dioses! ¡No creí que partierais sin nosotros! ¡No fue esto lo que acordamos!

–No hemos tenido otra elección –se justificó Dintros, sujetando el timón con firmeza mientras Axos se aprestaba a recibir a su hijo–. Hace días que no han dejado de llover cenizas y piedras de la boca del volcán. La vela está dañada, y también algunos aparejos.

–Pero ¡hay que rescatar a los herreros! –replicó Héctor angustiado, mientras entre Lyktos y su padre lo ayudaban ya a embarcar y Zenón no paraba de ladrar y agitar la cola–. ¡No podemos abandonarlos! Dos de ellos están malheridos, esperando vuestra ayuda en la playa del cabo Stomión.

–¿En la playa del cabo? ¡Bien sabes que es imposible acercarnos hasta allí con el gaulos! ¡Las escolleras rebanarían el casco al primer impacto contra ellas, incluso con este mar en calma! –protestó Dintros con preocupación–. Si ponemos en peligro la nave, ninguno regresará a Creta.

–Los rescataremos con la barca –resolvió Axos de improviso, preparándose para abandonar *El Eltynia*–. Fondea la nave aquí mismo, Dintros. ¡Vámonos, Héctor! Nosotros dos iremos a por ellos.

–¡Oh, gracias, padre! –exclamó aliviado.

–¿Puedo acompañaros? –se ofreció el anciano pastor.

–¿Cuántos herreros nos esperan en la playa, Héctor?

–Tres hombres, padre, pero dos de ellos están muy malheridos.

–Entonces mi ayuda resultaría solo un estorbo; la *kymba* es demasiado pequeña para embarcarnos a todos –dijo Lyktos–. ¡Que la diosa Madre os vele hasta vuestro regreso! ¡Marchaos ya! El tiempo apremia.

Temikos ya había avistado la pequeña embarcación que se aproximaba a la costa después de haber doblado el cabo, aunque no por ello dejó de hacer señas con los brazos desde tierra. ¡El regreso del muchacho significaba la salvación!

Al llegar a la playa, Héctor y su padre saltaron al agua y, entre los dos, arrastraron la barca hasta vararla sobre la arena fresca. Axos salió al encuentro de Temikos para fundirse en un emotivo abrazo de bienvenida. Pero el tiempo apremiaba; era necesario embarcar a los heridos y abandonar cuanto antes el lugar.

Con un último y decisivo empellón, consiguieron que la pesada *kymba* fuera arrastrada por el oleaje mar adentro; luego tuvieron que ir sorteando los escollos, que Héctor bien conocía, hasta alejarse fuera de la zona de peligro. Mientras Axos y Héctor remaban, Temikos y Raukos no dejaban de observar la silueta solitaria de *El Eltynia* recortándose sobre el horizonte, cuando, de pronto, Temikos advirtió que algo extraño despuntaba justo a la izquierda de la popa del gaulos.

–¿Qué es aquello, Axos? –preguntó entonces, indicando una cadena de siluetas alargadas que se perfilaban por el sudeste.

Axos se alzó en pie sobre la barca a la vez que Héctor aguzaba la vista en la dirección señalada.

–¡Por el mismísimo Poseidón! –gritó Axos un instante después, llevándose las manos a la cabeza– ¡Es la flota... la flota real!

–¿El rey Minos ha enviado su flota hasta aquí? –se preguntó Temikos muy sorprendido.

–¡Oh, alabada sea la diosa Madre! ¡Nuestras plegarias han sido escuchadas –exclamó a su vez Raukos. Asterio seguía inconsciente, recostado sobre el pecho de Temikos, y su herida abierta sobre el muslo continuaba sangrando a pesar del torniquete que le habían practicado.

–¿Es que no te alegra la noticia, hijo? ¿Por qué te has quedado tan serio?

Héctor permanecía con aire circunspecto sin dejar de contemplar el horizonte. Entonces, con voz grave, le replicó:

–Mucho me temo, padre, que su ayuda llega demasiado tarde...

Las naves de guerra reales pronto arribaron a las costas teranas. Cientos de soldados fuertemente armados con largos escudos, espadas, dagas, lanzas, corazas y cascos con colmillos de jabalí componían la escuadra de más de quince galeras de combate. Al mando de la flota, un oficial de alto rango acomodado en el castillete de popa de la galera, situada esta en el centro de la formación, dio orden de fondear lejos de la ancha franja de mar en donde continuaba cayendo material volcánico.

A bordo de *El Eltynia*, todos asistían a la inquietante maniobra de alerta que habían adoptado las naves cretenses, bajo una lluvia de cenizas que el viento del norte arrastraba hacia ellas.

–¿Qué haremos ahora? –se preguntó Temikos después de haber bebido un buen trago de agua de un odre que Axos le acababa de ofrecer–. ¡Tenemos que informar cuanto antes a la flota de lo sucedido, de lo que sabemos, de la armadura de Glauco, de sus proyectos de ataque, de sus barcos...!

–¡Tiene razón, padre! Es imprescindible que sepan a qué peligros se enfrentan –dijo Héctor, nervioso–. Glauco no es un soldado más o menos fuerte o valeroso al que hacer frente. ¡Es un ser gigantesco, un monstruo horrible, lleno de rencor y venganza, con una fuerza incalculable dispuesto a utilizarla! ¡Podría barrer de un golpe a cualquiera de esas naves con solo alzar una mano!

–Lo sé, hijo. Daréis los detalles de cuanto me habéis contado al comandante de la flota. ¡Dintros, pon rumbo a sus naves! ¡Remeros, a vuestros puestos! –ordenó Axos sin perder un segundo.

Poco después, *El Eltynia* alcanzaba la formación naval. Llegó bordeando las alargadas proas de las primeras galeras reales. Su gaulos dañado por los impactos de algunas piedras volcánicas, sus heridos tendidos sobre el toldo de cubierta, de los que se estaba encargando Lyktos con la ayuda de Temikos, y el devastador escenario de la isla en erupción, componían un espectáculo que solo infundía desaliento a los muchos soldados y remeros que lo observaban desde sus naves.

Al llegar a la galera de mando, Axos solicitó subir a bordo acompañado de Héctor y Temikos.

–¡Sed bienvenidos! –los recibió así su comandante, un hombre alto y robusto, de mirada limpia pero penetrante, que se quitó el casco al saludarlos–. La reina me ha informado de la existencia de una importante base rebelde en estas costas y me ha enviado hasta aquí con un único objetivo: aniquilarla. Me advirtió que vosotros me daríais cuantos detalles fueran necesarios para acabar con los insurrectos.

Héctor miró a Temikos un tanto sorprendido por la definición que el oficial había hecho de Glauco y Epiménedes, al hablar de ellos como de «rebeldes» e «insurrectos». Tal vez por temor, la reina no supo o no quiso exponer de forma apropiada la situación al comandante de la flota.

Una base rebelde parecía la definición adecuada, si bien ¿cómo hubiera podido describir a Glauco si no sabía en lo que se había convertido?

–Nos sentimos honrados sabiendo que la reina ha enviado una sólida ayuda en unas circunstancias tan adversas –respondió Axos–, pues la situación así lo requiere, pero... me temo que no os ha revelado ante qué peligros os enfrentáis.

–Explicaos mejor –solicitó el oficial.

–Solo existe un soldado al que debáis temer –dijo Héctor, entonces, adelantándose a su padre–. Del resto, bastará con un par de naves bien pertrechadas para derrotarlos.

El gesto de estupor del oficial no se hizo esperar.

–¿Acaso no he entendido bien o es que no os habéis explicado correctamente? ¿Me estáis tratando de decir que nos han hecho venir hasta aquí con una de las mejores flotas, a falta de la del rey Minos, aún ausente de Cnosos, para capturar a un «solo y único soldado»...?

–Así es –lo corroboró Temikos–. Pero os echaréis a temblar cuando veáis de quién se trata. Todas vuestras naves serán insuficientes para aniquilarlo. La altura de Glauco infundiría pavor a cualquier hombre, por muy alto y fuerte que fuese; no alcanzaría a llegarle por encima del tobillo, por no hablar de su temible aspecto, a mitad de camino entre un ser marino y un humano, provisto de apéndices y aletas, de una piel cubierta de escamas irisadas y de seis dedos palmípedos en los pies. Un grito suyo es suficiente para ensordecer a cualquiera, y su mejor virtud es la crueldad.

Un silencio sobrecogedor recorrió al batallón de soldados y remeros que escuchaban el relato de los recién llegados.

—¡No existen semejantes seres... a no ser que se trate de gigantes, hijos de dioses! –replicó el oficial, tratando de mantener la calma.

—Tal vez sea esa nuestra situación... –le confesó Temikos–. Soy un orfebre de Amnisos, y, al igual que los dos hombres heridos que veis en la cubierta de la nave y de otros cuyo paradero ignoro, todos fuimos capturados hace muchas semanas y obligados a trabajar en una gigantesca fragua subterránea de donde ha salido la armadura de bronce más grande, recia e indestructible que hayan forjado los humanos, y que ahora porta Glauco.

—¿No os parece que estáis exagerando?

—Por desgracia, no –intervino Héctor con gesto grave–. Yo también la he visto, comandante. La fragua se encuentra en el interior de unas cavernas secretas no muy lejos de aquí. Con esa gigantesca armadura metálica, Glauco se ha convertido en un ser invencible, y me temo que de poco servirán vuestras espadas, lanzas y flechas contra el mejor bronce forjado con el propio fuego de los volcanes.

El oficial los miró fijamente y terminó por comprender que no se trataba de una forma más o menos exagerada de describir al enemigo. Ninguno de ellos tenía el aspecto ni las ganas de bromear. Si la reina había enviado la flota hasta allí, el peligro estaba más que fundado, aunque resultase difícil de creer en la existencia de una historia y de un ser así.

Tomó conciencia de la delicada situación que le tocaría asumir, y luego les preguntó:

—¿Dónde se encuentra la base rebelde?

—Al otro lado del cabo Stomión, al pie de las escolleras más altas y afiladas de la isla, desde donde se divisan los ocasos del sol —respondió Héctor, poniéndolo de inmediato al corriente de los pormenores—. Pero es posible que ya la hayan abandonado. Venimos de allí y no hemos visto ninguna de sus naves fondeadas en ese tramo de costa. Ahora que Glauco dispone de su armadura, podría atacar en cualquier momento...

De repente, sonaron los roncos y agudos gemidos de las caracolas marinas dando la alarma.

Varios navíos se acercaban por poniente, y, sobre sus mascarones de proa, tres inmensos ojos desafiaban al mar. La pequeña flota la componían cinco naves con las velas bicolores, blanca y roja, desplegadas al viento que soplaba con fuerza del norte. Las palas de los remos golpeaban la superficie del agua con destreza, fuerza y precisión, imprimiendo así una enorme velocidad a sus barcos. Uno de ellos, la única galera de combate, encabezaba a los otros cuatro gaulos mercantes, y, desde el puente de mando, dos hombres lanzaban gritos de victoria con sus dagas en alto, mientras su puntiagudo mascarón de proa cortaba las aguas abriéndose camino entre las olas.

—¡Están locos! ¡Se dirigen hacia nosotros! —exclamó el oficial, atónito—. ¡Rápido! ¡Que todas las galeras se sitúen en posición de ataque! ¡Terminaremos con ellos antes de que desenvainen sus espadas! ¡Al igual que ya hemos limpiados de piratas nuestros mares, también los barreremos de rebeldes!

La flota real viró su formación en línea de combate de frente a las cinco naves enemigas que se acercaban por poniente. Amainaron las velas, ya que el viento del norte había comenzado arreciar con fuerza y restaría así velocidad durante el ataque.

Sin embargo, los fenicios, lejos de atemorizarse, plantaron cara a su rival sin alterar un ápice el rumbo.

–¡No puedo entenderlo! Saben que los superamos con mucho en fuerza y número. ¡No pueden esperar más que una humillante derrota si pretenden enfrentarse a nosotros con cuatro gaulos mercantes y una única nave de guerra! ¿Por qué esos insensatos no se dan a la fuga? –se preguntó el oficial, desconcertado.

–Porque no están solos, comandante... –respondió Héctor con temor–, y no creo que tardemos mucho en comprender el motivo.

Bajo una lluvia de cenizas que velaba el sol del mediodía, las cinco naves avanzaron hasta llegar al puerto de Akrotiri. Estaba completamente desierto. Ni un alma quedaba en él que recorriera sus callejuelas cubiertas con una manta grisácea, como los techos planos de las casas, los muelles y todos aquellos enseres que sus habitantes habían dejado abandonados.

En el castillete de popa de la galera de guerra fenicia se encontraba Epiménedes, dirigiendo personalmente la maniobra de ataque.

Una gran mancha de sangre le cubría el pecho, y su rostro, pálido y exhausto, hacía presagiar un desenlace fatal de su vida. Se alzó con cierta dificultad, ayudándose de Pirantros e Istrión, sus dos hombres de confianza. Luego pidió que lo aproximaran a babor para examinar más de cerca las naves que tenía de frente. Fue entonces cuando esgrimió una sonrisa desafiante y, con la respiración entre-cortada por el esfuerzo, exclamó:

–¡Oh, qué estúpidos y arrogantes! ¡Piensan derrotarnos con una tercera parte del total de la flota real!

Enseguida tuvo que retomar asiento, porque su debili-dad era cada vez más acusada.

–Continúa tú, Pirantros –le dijo, sin apenas fuerzas para hablar–. Sabes bien lo que tienes que anunciar. Tu voz es fuerte: el viento acompañará tus palabras hasta sus galeras.

–Como desees, Epiménedes –obedeció así a la petición del mago moribundo.

Pirantros esgrimió un gesto duro, y con voz potente y mirada sombría, se dispuso a proclamar en alto lo si-guiente:

–¡Escuchadme con atención, cretenses! A partir de aho-ra no habrá más señor a quien servir que Glauco, hijo de reyes y dioses. ¡Arrojad vuestras armas al mar y mostrad obediencia ante vuestro nuevo rey!

El comandante y el resto de la flota pudieron escuchar con claridad las arrogantes palabras del fenicio. No cabía la menor duda de que Glauco debía tratarse de un ser úni-co, puesto que ninguno en su sano juicio hubiera enviado un desafío semejante a una flota real a punto de abalanzar-se sobre su enemigo.

Un murmullo de comentarios confusos recorrió las ga-leras minoicas. Acto seguido, el comandante dio orden a Axos, Héctor y Temikos de alejarse con su nave fuera del campo de batalla. Momentos después, la respuesta del ofi-cial no se hizo esperar, y con voz firme respondió a las osadas pretensiones del rebelde, mientras los remeros de *El Eltynia* paleaban con fuerza para llevar el gaulos lo más lejos posible de la contienda que estaba a punto de desencadenarse:

–¡Te equivocas si crees que la flota del rey Minos podría rendirse ante tus palabras amenazantes y cinco naves fenicias! –gritó el comandante a los rebeldes–. Antes de que termine este día, moriréis bajo el filo de nuestras espadas, y, aquellos que quedéis con vida, seréis llevados ante los reyes de Cnosos para ser ajusticiados. Y ahora –añadió con firmeza, alzando su espada–, ¡disponeos a morir!

Epiménedes había escuchado al oficial con la misma claridad que el resto de sus hombres, y, por respuesta, una desafiante sonrisa se dibujó en sus labios tan pálidos ya como como sus mejillas.

–¡Ignorantes! ¡Se tienen bien merecido el destino que les aguarda! –sentenció con dureza.

Luego, el cruce de amenazas cesó. Ambas flotas, inmóviles en sus posiciones, parecían esperar un movimiento en falso de su contrincante para iniciar el ataque.

El Eltynia aguardaba ya en la retaguardia, a reparo de los proyectiles que el volcán seguía arrojando de una nube negra y espesa que crecía entre rugidos por encima del cráter.

Fue entonces cuando llegó el momento que Epiménedes había esperado con ansia durante tantos años. Por fin Glauco vería realizado su sueño: saldría de las aguas a plena luz del día, sin que su cuerpo sufriera los efectos del sol sobre su piel cubierta de escamas, y haría de su padre, el poderoso rey Minos, un simple vasallo a su servicio.

Glauco emergió lentamente delante de los barcos fenicios. Poco a poco, su sombra fue arropando las naves hasta dejarlas en penumbra. Primero apareció su cabeza, cubierta con un extraño casco que le permitía ver con sus tres ojos, uno de ellos situado en la parte posterior del cráneo. Eran grandes y de mirada fría y penetrante, idénticos a los pintados en las proas de las naves rebeldes. Luego surgieron los hombros, con todos sus apéndices en forma de aletas desplegadas, y, más tarde, el pecho grabado con el medallón de los Cuatro Laberintos. Pero fueron sobre todo sus brazos y manos cubiertos también de rígidas aletas de bronce y dedos con alargadas uñas los que sembraron el pánico entre los propios rebeldes. Por último, emergieron sus rodillas, arrastrando tras ellas centenares de algas arrancadas del fondo marino a cada paso que daba.

Pirantros e Istrión retrocedieron aterrorizados ante la imagen descomunal de aquel ser, medio hombre, medio pez, que veían por primera vez, como todos los allí presentes, incluido el propio Héctor.

Epiménedes se mostró plenamente orgulloso al verlo surgir del océano en todo su esplendor, y sonrió satisfecho sin apenas fuerzas ni para ello. Ahora podría morir tranquilo; había visto cumplidos todos sus sueños de grandeza.

De pronto, Glauco desenvainó la descomunal espada forjada por Temikos y la elevó al cielo lanzando un agudo grito de victoria que hizo palidecer a todos por igual. ¿Quién podría hacerle frente ahora que se había convertido en el ser más poderoso de cuantos existían? Su colosal armadura resplandecía en medio de las aguas, y su aspecto era lo suficientemente aterrador como para disuadir a cualquier enemigo que osase retarlo.

Luego, se giró de golpe hacia las galeras reales, las observó una a una y dijo con voz potente:

–¿Tanto me menosprecia mi padre como para creer que unas cuantas e insignificantes naves de guerra sean suficientes para detener mis proyectos?

Blandiendo su espada en alto, propinó un soberbio golpe a una de las situadas en la formación externa y la seccionó en dos pedazos. En pocos instantes, la galera se hundió, y la punta de su puntiagudo mascarón desapareció bajo las aguas junto con toda la tripulación.

–¡Ahí tenéis mi respuesta!

Después de aquel sencillo pero persuasivo gesto, Glauco había demostrado que no tenía rival.

El comandante de la flota comprendió que una retirada de nada serviría. Había que iniciar el ataque, y así lo hizo. Dio orden de arrojar todas las lanzas y flechas, disponiendo en posición de tiro a sus mejores hombres.

–¡Arqueros! ¡Apuntad a los ojos! –ordenó resoluto–. Es su único punto desprotegido.

Los soldados elevaron sus arcos y, al grito lanzado por su comandante, dispararon a un mismo tiempo. Sin embargo, de poco sirvió aquella lluvia de proyectiles; Glauco consiguió anularlos como si se hubiesen tratado de insignificantes moscas.

Desde *El Eltynia*, la batalla parecía decidida. Ni el valor ni el coraje de arqueros y soldados serviría de mucho. Glauco estaba masacrando las naves, asestando certeros manotazos y golpes de espada, mientras Héctor, estremecido, rogaba con ansia que la cera se fundiese en el interior de su armadura, ahora que el sol se había hecho paso entre las nubes de ceniza y apretaba de lleno. Pero Glauco no manifestaba síntoma alguno que le hiciera pensar que la trampa fuese a surtir ningún efecto. Es más, cada instante que pasaba, las posibilidades se alejaban, pues el volcán arrojaba tal cantidad de cenizas al aire que, en poco tiempo, la densa nube negra terminó ensombreciendo de nuevo el cielo y cercenando el paso de los rayos del sol.

Nada se podía hacer ya.

La flota real había quedado reducida a astillas, y los gritos de victoria de los fenicios se entremezclaron con los de los soldados que suplicaban su auxilio. Las pocas naves que aún flotaban habían perdido sus velas y navegaban a la deriva sin remos ni timón. Sus tripulaciones, o bien habían muerto, o bien intentaban alcanzar aquellos restos de las galeras que flotaban desparramados por todas partes. *El Eltynia* se apresuró a recoger a algunos náufragos que nadaban en su dirección, pero no se aproximó a la costa por miedo a ser el próximo objetivo de Glauco.

Después de la batalla, Glauco se sentía plenamente satisfecho; reía y gritaba de frente a Epiménedes, quien respiraba cada vez con mayor dificultad. Hasta entonces, Glauco no había caído en la cuenta de que las heridas de Epiménedes eran más graves de lo que el mago le había hecho creer.

Alarmado frente a aquella mirada agonizante, se acercó despacio hacia su galera, se quitó el casco sin miedo alguno a las consecuencias que tanto había temido y se inclinó ante él. Fue entonces cuando, por primera vez, todos pudieron ver su terrible rostro, sin trucos ni efectos de reflejos metálicos salpicados sobre los escudos de bronce.

Glauco tenía una boca inmensa, sin labios, llena de dientes afilados como puntas de flechas, cuyas comisuras se prolongaban hasta lo que debían ser sus branquias. Por nariz disponía de dos grandes orificios que se abrían y cerraban constantemente. Pero fueron, sobre todo, aquellos tres grandes y fríos ojos amarillos los que provocaron una verdadera oleada de terror, especialmente el de la parte posterior, tan extraño, sobre aquel cráneo sin pelo, cubierto, como el resto de la cabeza, de una piel de escamas esmeraldas y azules. Sin embargo, el mago miraba con ternura y sin temor aquel rostro que durante tanto tiempo solamente él había podido contemplar.

Epiménedes estaba a punto de morir.

La hemorragia se había extendido; y de su boca manaba un hilo de sangre que le resbalaba hasta el cuello. Susurró el nombre del gigante, pidiéndole que se aproximara hasta él.

–Ahora ya no me necesitas... –murmuró con un hilo voz, alargando su brazo a sus enormes ojos–. Hemos vencido... Creta es tu próxima meta y el rey Minos caerá rendido a tus pies cuando sepa por boca de los teranos lo que aquí ha acontecido... Deja que su gaulos ponga rumbo a sus costas e informen de lo que han visto con sus propios ojos... Son nuestros únicos testigos, y su relato horrorizará a todos por igual cuando narren tu primera hazaña.

–¿Qué estás diciendo, Epiménedes? ¡No puedes abandonarme justo ahora! –exclamó el gigante estremecido, con un tono de voz ronco y agrietado por el dolor–. ¡Te necesito más que nunca! ¡Usa tu magia y vence el mal de la herida!

Epiménedes tosió varias veces para escupir la sangre que se le atragantaba. Se restregó la boca de una pasada y luego pidió que le cubrieran con una manta de lana; temblaba de frío.

—¡Yo no moriré! ¡Soy... soy inmortal! ¡Como tú...!

Y esas fueron sus últimas palabras antes de expirar. El cuerpo del mago yació tendido en la cubierta de la nave, bajo un gran silencio en señal de duelo que solo los rugidos del volcán osaron interrumpir. Sus ojos permanecieron abiertos, congelados en una mirada fría y sin vida que se quedó reflejada en las pupilas del gigante.

Nada tuvo de extraño que ni siquiera Pirantros se acercase a confirmar la muerte del mago. Estaba tan aterrado con la presencia de Glauco, que hubiera dado su brazo derecho por desaparecer de aquel lugar en ese preciso instante. Istrión se había ido a refugiar entre los bancos de los remeros, muchos de los cuales eran los mismos hombres que habían trabajado en la forja junto a los herreros capturados. Allí se quedó, a resguardo, por temor a que se desencadenara en el gigante cualquier reacción hostil e imprevista, después de haber visto morir a su fiel Epiménedes, y terminara pagándolo con su propia vida.

Glauco se incorporó lentamente, sin poder apartar la vista del cuerpo inerte de Epiménedes. Sus ojos reflejaban el profundo dolor por la pérdida de su único amigo y protector, dolor que pronto se transformó en ira, en una profunda rabia. Y más tarde... en venganza. Su rostro se endureció, y entonces, girándose hacia *El Eltynia*, tomó su casco y se lo arrojó con toda la fuerza que la cólera y el rencor le infundieron. Un grito ensordecedor acompañó aquel proyectil que afortunadamente terminó errando su objetivo.

—¡Tú, joven Héctor! ¡No dejaré que regreses a Creta! ¡Has dado muerte a mi verdadero padre y pagarás con tu vida su pérdida!

Lo que sucedió a continuación no podrán olvidarlo aquellos pocos que tuvieron la ocasión de presenciarlo. Y no se puede decir la fortuna, porque, pese a su excepcionalidad, nada tan dramático y destructivo hubiera podido sospecharse más que sobre los augurios y los discos del destino de los magos y adivinos, incluso de aquellos que llevaban años vaticinándolo sin encontrar a mortal alguno que creyese en sus catastróficas visiones. Y ocurrió que, tras intensos rugidos del cráter, los más fuertes que hasta ahora se habían escuchado, el cielo se oscureció, mientras las piedras volcánicas caían a cientos, sin tregua, lapidando a las naves rebeldes que a duras penas habían emprendido la fuga en mitad de aquella batalla perdida contra el volcán. Incluso Glauco recibió numerosos impactos en la cabeza de los que no pudo librarse, ya que su casco yacía ahora en el fondo del mar, sobre una extensa pradera de posidonias.

Se hizo de noche a plena luz del día. Luego, un silencio prolongado lo dominó todo, y, más tarde, se produjo una atronadora explosión, brutal, ensordecedora, destructora... tras la cual una gran parte de la isla desapareció. La montaña que conformaba el volcán se precipitó de golpe al interior de su cráter hueco, después de que este hubiese vomitado toda la roca fundida que había dentro de ella.

Desde *El Eltynia* pudieron presenciar cómo los acantilados del cabo Stomión habían dejado de existir. También las laderas cercanas al cráter, aquellas en donde pastaban los rebaños de Lyktos, y la montaña misma, excepto el puerto y la ciudad de Akrotiri, que yacían sepultados bajo una espesa manta de cenizas ardientes.

Después de aquello, el inmenso agujero que quedó tras la explosión atrajo al mar, y sus aguas se adentraron por todas las fisuras entreabiertas que encontraron a su paso para precipitarse al interior de la isla, convertida ya en una enorme caldera de lava incandescente. Entonces, la inmensa fuerza del agua arrastró con ella todo lo que encontró a su paso, galeras, hombres que se arrojaban al mar, y también al propio Glauco, malherido por los impactos de las piedras sobre su cabeza desprotegida. Pero ninguno de los gritos de auxilio de los que estaban a punto de morir pudo ser atendido por dios ni hombre alguno, ni siquiera los del inmortal Glauco.

Más tarde, una densa nube de vapor se elevó por encima de lo que aún quedaba de la isla.

Tera era ya parte de un recuerdo.

Glauco acaba de ser derrotado por las propias fuerzas de la naturaleza, su único rival y verdugo, rival con quien no había contado, posiblemente porque Epiménedes había minimizado a quien, sin duda, era más poderoso que él. Y, sin embargo, no se sabe muy bien por qué complicados mecanismos del destino y la suerte, el gaulos de Axos había quedado fuera del alcance del desastre.

Héctor se miró la palma de la mano y recordó entonces las palabras de aquel anciano ciego:

*«La noche cubrirá al día,
como el fuego al mar
y el mar a la tierra»*

Entendió, solo en ese momento, lo que había querido decir, y también comprendió que la interpretación que de su propia muerte había pronosticado era correcta, porque Héctor no pudo ser el mismo a partir de aquello.

La espesa nube de cenizas que continuaba cubriendo el cielo se extendía en dirección sudeste, dirigiéndose a toda velocidad hacia Creta, junto a una ola gigantesca que crecía a medida que avanzaba. Por ello, los remeros de *El Eltynia* alejaron la nave hacia occidente, hacia las tierras de las tribus extranjeras, allá en las costas cercanas a Micenas y Tirinto.

Durante mucho tiempo, la silueta humeante de la isla fue la única imagen que se mantuvo fija en las pupilas de teranos y cretenses, náufragos del desastre. Y por más que navegaron, la espesa nube negra era siempre visible, incluso desde aquellos mares solitarios que no conocían más compañía que la del sol, la luna y las estrellas.

El Eltynia navegó hasta que su silueta se fundió con el crepúsculo. Después, se hizo de noche y el silencio cubrió aquel sombrío día.

Una nueva era estaba a punto de comenzar.

Precisiones históricas

«En torno al 1600 aC, el volcán de la isla de Tera entró en erupción, acompañado de numerosos terremotos... La ciudad de Akrotiri fue enterrada bajo un profundo manto de ceniza. La ferocidad de la erupción fue en aumento hasta que la sólida montaña que conformaba la isla no fue otra cosa que un cascarón hueco, cuyo interior ya había sido proyectado al exterior. En un paroxismo final, la montaña explotó y el mar se abalanzó dentro. Ello generó un violento maremoto que asoló gran parte del mar Egeo y toda la costa nordeste de la isla de Creta. Los efectos de ambos –lluvia de cenizas y maremoto– supusieron un durísimo golpe a la civilización minoica. Solo aquellos navíos que se encontraban en alta mar pudieron sobrevivir a la catástrofe, pero todo aquel situado cerca de la costa, en sus puertos y playas, fue transportado –con toda seguridad– por la ola gigantesca tierra adentro y, con certeza, hecho pedazos.»

John Chadwick, *El mundo micénico* (Alianza, 1977)

Si bien la civilización minoica se repuso lentamente de este terrible desastre, y sus palacios se siguieron habitando, es muy posible que su flota no corriera la misma suerte. Según los arqueólogos, la pérdida de sus navíos fue uno de los factores principales que dieron pie a que las tribus que habitaban en el continente griego invadieran Creta años más tarde, para así tomar las riendas de su poder de ahí en adelante.

Había nacido el mundo micénico, el reino de Agamenón.

Epílogo

He pretendido transmitiros un espíritu de vida distinto, el que, a mi juicio, debía reinar en un mundo tan diferente al nuestro. Desde lo que comían, lo que sentían, en lo que creían... Ese ha sido para mí el objetivo de esta novela, pese a que el argumento sea ficticio.

La mitología habla de Glauco, hijo del rey Minos que murió ahogado en una tinaja de miel, pero también de un dios marino, hijo de Poseidón, dotado de poderes proféticos, que vivía bajo las aguas, así como de otros Glaucos más.

Me he permitido la osadía de verlo a mi manera y de aumentar la lista existente. ¡Espero que por ello no me caiga un rayo divino en la cabeza!

Son numerosos los libros de historia y arqueología que me han servido para ambientar la novela, si bien no quisiera dejar de citar los siguientes por la peculiaridad de sus contenidos: *Diccionario de adivinos, magos y astrólogos de la Antigüedad*; *Textos de magia en papiros griegos* y *La vida cotidiana en la Creta minoica.*

De ellos he obtenido las recetas, pócimas y prácticas mágicas que se citan, así como una abundantísima información sobre la vida económica, cultural, social y religiosa del mundo minoico.

Índice

Susana Fernández Gabaldón

Nací en Madrid, hace ya muchos años. Sin embargo, nunca he vivido en la ciudad. Mi infancia transcurrió en Pozuelo, donde tenía gatos, perros, ardillas, hámsteres, periquitos, un loro que no paraba de hablar, conejos y ¡hasta un cordero! Siendo así, pensé que terminaría estudiando Biología o, tal vez, Veterinaria, pero no... Fue la arqueología la que me arrastró por sus muchos misterios hasta las aulas de la universidad.

Más tarde, continué estudiando, publicando, excavando, pero un día ocurrió algo terrible. Una de las personas más importantes de mi vida enfermó y, pocos meses después, la muerte nos separó. Acababa de cumplir veintinueve años y todo se me vino abajo. Fue entonces cuando empecé a escribir historias y cuentos. La escritura se transformó en mi nueva sed de conocimientos y, años más tarde, encontré a mi segundo marido y tuvimos dos hijos: Aldo y Mario.

Cuando escribo, me gusta mezclar varios géneros literarios: historia, aventuras, fantasía, ciencia ficción, humor... Mis novelas son de lenta ejecución, porque necesito investigar, y a veces esa etapa dura meses, incluso años. Me gusta que haya un cuadro histórico en todas las novelas, algo que haga que podáis aprender sin que os deis cuenta de ello, porque lo importante es que os divirtáis leyendo.

Algunas de mis obras son: *El pescador de esponjas, Caravansarai, La torre de los mil tiempos, Pesadillas de colores* y *Las catorce momias de Bakrí*, segunda parte de *Más allá de las tres dunas*.

Bambú Grandes lectores